两弹中的年轻人

——忆说在中国第一个核武器研制基地的往事

刘书鹤 著

中国原子能出版社

图书在版编目（CIP）数据

两弹中的年轻人——忆说在中国第一个核武器研制基地的往事 / 刘书鹤著 .—北京：中国原子能出版社，2018. 4 （2022.12重印）

ISBN 978-7-5022-8852-5

Ⅰ. ①两… Ⅱ. ①刘… Ⅲ. ①纪实文学-中国-当代 Ⅳ. ①I25

中国版本图书馆 CIP 数据核字（2018）第 028748 号

两弹中的年轻人——忆说在中国第一个核武器研制基地的往事

出版发行 中国原子能出版社（北京市海淀区阜成路 43 号 100048）
策划编辑 宋翔宇
责任编辑 蒋焱兰
装帧设计 林久星 马世玉
版式设计 谭 俊
责任校对 冯莲凤
责任印制 赵 明
印 刷 天津画中画印刷有限公司
发 行 全国新华书店
开 本 787 mm×1092 mm 1/16
印 张 19
字 数 180 千字
版 次 2018 年 4 月第 1 版 2022年 12 月第 3 次印刷
书 号 ISBN 978-7-5022-8852-5
定 价 58.00 元

网址:http://www.aep.com.cn E-mail:atomep123@126.com
发行电话:010-68452845

中国第一个核武器研制基地纪念碑

中国第一个核武器研制基地纪念碑碑文

中國第一個核武器研制基地

张爱萍题 一九九二年八月

张爱萍将军题词

历届厂领导签名

金银滩草原

1958 年 6 月 21 日，毛泽东主席在中共中央军事委员会扩大会议上指出：“搞一点原子弹、氢弹、洲际导弹，我看有十年功夫完全可能。”

很好，照办。要大力协同做好这件工作。

毛泽东

1962 年 11 月 3 日，毛泽东在罗瑞卿关于成立中央专门委员会报告上的批示

二二一鸟瞰图

首次核试验的铁塔

推核试验装置上塔　背影左起：

蔡抱真、曹庆祥、黄克骥、朱深林

1964年10月16日15时中国第一颗原子弹爆炸成功

人民日报　号外

1964年10月16日

加强国防建設的重大成就，对保卫世界和平的重大貢献

我国第一颗原子弹爆炸成功

我国政府发表声明，郑重建议召开世界各国首脑会议，讨论全面禁止和彻底销毁核武器问题。

新华社北京十六日电　新闻公报

一九六四年十月十六日十五时（北京时间），中国在本国西部地区爆炸了一颗原子弹，成功地实行了第一次核试验。

中国核试验成功，是中国人民加强国防、保卫祖国的重大成就，也是中国人民对于保卫世界和平事业的重大貢献。

中国工人、工程技术人员、科学工作者和从事国防建設的一切工作人員，以及全国各地区和各部门，在党的领导下，发扬自力更生、奋发图强的精神，辛勤劳动，大力协同，使这次试验获得了成功。

中共中央和国务院向他们致以热烈的祝贺。

新华社北京十六日电　中华人民共和国政府声明

一九六四年十月十六日

周恩来总理宣布
我国第一颗原子弹爆炸成功

张蕴钰、张爱萍、朱光亚
刘西尧、李觉、吴际霖
等人在现场祝贺原子弹
爆炸成功

参试人员观看蘑菇云升空

基地一角——设计部105大楼

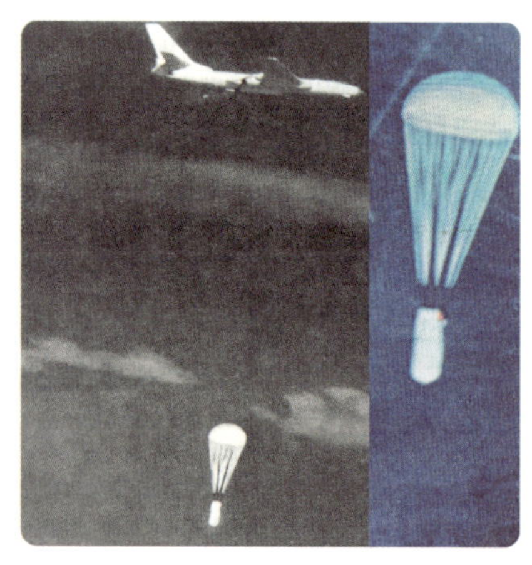

1967年6月17日我国第一颗氢弹空爆成功

第一颗原子弹爆炸上升中的火球

第一颗氢弹爆炸上升中的火球

第一颗核航弹（原子弹）

第一颗核航弹（氢弹）

1966年3月30日邓小平视察二二一厂

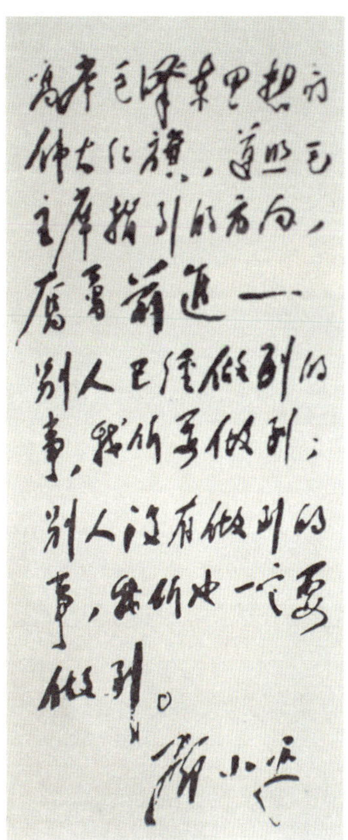

高举毛泽东思想的伟大红旗，遵照毛主席指引的方向，奋勇前进——别人已经做到的事，我们要做到；别人没有做到的事，我们也一定要做到。

邓小平

1966年3月30日
邓小平视察二二一厂的题词

1984年10月1日，邓小平检阅中国战略导弹部队

爆轰试验场

六厂区防爆土围前合影

115静爆试验场(六厂区)

二二一厂办公楼

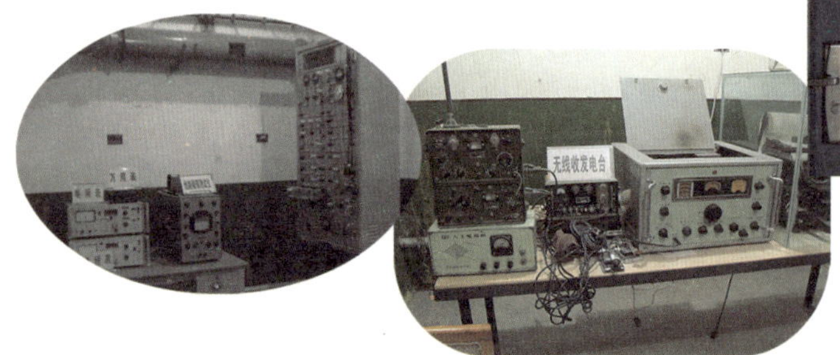

二二一地下指挥中心

李觉将军视察工厂

王淦昌院士视察工厂（左黄齐陶副部长）

栗前明副司令（左二）视察工厂

李觉将军、王淦昌院士视察工厂

向杨桓副司令、安振山部长

汇报试验方案

首届中国两弹一星艺术展开幕式

左五为原二炮张翔副司令

忘年之交

尊敬的李觉将军

刘书林、刘书鹤亲如兄弟

向苏耀光总师请教

核试验20周年奖章

友谊长存（作者与刁有珠书记合影）

作者(左)在 驻俄罗斯大使馆前吊唁邓小平

部分获奖证书、奖章

二二一厂颁发国家、国防科委、核工业部科技成果奖仪式后合影（作者前排右二）

1963年国庆哈尔滨工业大学5945-2班合影

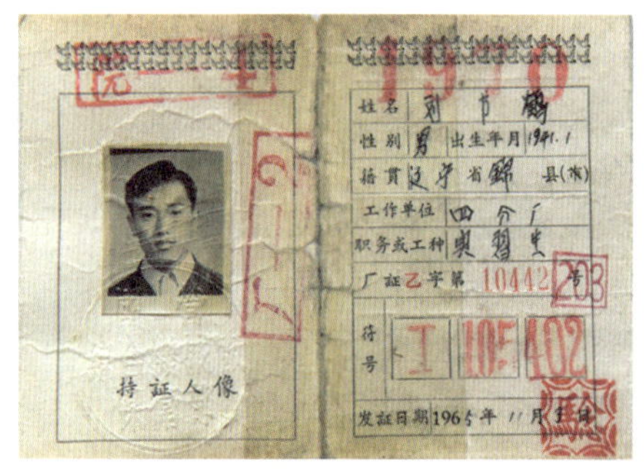

国营综合机械厂工作证

国营综合机械厂、国营二二一厂、兰字八三九部队工作证

中国共产主义青年团二二一厂首届代表大会合影

二二一厂历届厂领导与综仪厂领导及同志合影留念

第二炮兵常委和总政干部部领导与二炮第二批导弹技术专家合影（作者二排右三）

最美夕阳红

美丽的鸟岛

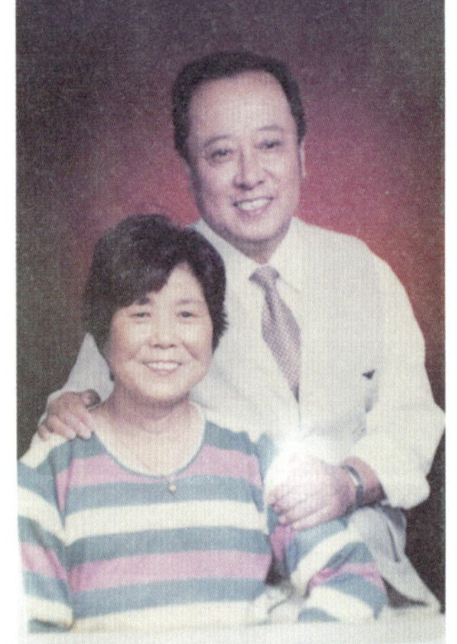

2000年

佩戴毛主席纪念章的结婚照（1968年3月）

幸福的一家

前　　言

——亲历者说

2001年10月14日，中央电视台《实话实说》节目播出了《壮志凌云》篇，主持人崔永元向世人揭示了1971年12月30日中国第十三次核试验时，氢弹三次甩投不下，核弹头零前状态带弹安全着陆的惊险一幕。2001年12月30日曾执笔写出了回忆录——“忆说氢弹三次甩投不下”，后来又陆续写了几篇回忆文章，当时就有个想法，把我们这一代“年轻人”五十年前的那些经历，写给现在的年轻人看看，说说我们年轻时的故事。

经过十多年的搜集资料、回忆整理，终于可以交稿了。写这些回忆录的初衷是想说，“两弹一星”事业中的领袖决策、将军指挥、科学家们的足迹在最近一大批小说、名人传记、报刊杂志中都有了详尽的报道；在《东方巨响》《五星红旗迎风飘扬》《国家命运》等影视作品中展现了领袖们的光辉形象，揭示了顶尖科学家们隐姓埋名研制“两弹一星”的鲜为人知的秘密历程，壮怀激烈、热血丰碑，铸就了辉煌的“两弹一星”精神，奏响了震撼人心的东方巨响。但是，很少有人提到，也很少有人知道，我们这一批生在旧社会、长在红旗下的新中国第一代大学生，当年响应党的号召，到祖国最需要的221核基地去，在科学家们的指导下，在相关部、室领导的带领下，与师长、同学、同事和师傅们奋战在国防科研生产第一线的故事。我们身边的人和事，虽然都不是什么惊天动地的大事，是在完成“两弹一星”的大事中，在基地承担十六次国家核试验和型号研制、批生产中的小人物和小事。但是，当我们今天回忆起那段青春的、难忘的、珍贵的记忆时，仍然是心情激动、热泪盈眶、无法忘记……如今，我们也都是七老八十的老人了，想述说那一碗水、一杯酒、一朵云、一生情的身边故事。

有幸从事武器的研制工作，我个人经历了较多的型号试验任务，参加和参与组织实施了四种核航弹、四种导弹核弹头和四种常规战斗部的研制定型、批生产交付中的国家试验、定型试验、地面环境试验、储存试验、退役试验等四十四次大大小小的试验项目，期间也发生了许多有趣的故事。有责任、有风险，也有成功的喜悦；有磨难、有艰辛，也有幸运和机遇；有惊心动魄、有突发事件，也享受着超越后的七彩人生。作为亲历者，五十年的历史翻过去，带彩的故事留下来，不妨说给现在的年轻人听听。期望当代的年轻人，学习、继承和发扬“热爱祖国、无私奉献、自力更生、艰苦奋斗、大力协同、勇于登攀”的“两弹一星”精神；认知、认同和践行“富强、民主、文明、和谐、自由、平等、公正、法治、爱国、敬业、诚信、友善”的社会主义核心价值观。相信现在的年轻一代，一定能发挥你们的聪明才智、创新发展、强国强军，为实现中华民族伟大复兴的中国梦而努力奋斗！

1958 年 1 月 8 日，二机部成立第九局，负责组织核武器的研制工作，李觉将军任局长。

1958 年 7 月，中共中央书记处总书记邓小平批准西北核武器研制基地（221 基地）的选点方案。

1958 年 8 月，李觉带领创业者们乘着四辆苏制嘎斯型吉普车、四辆卡车来到青海金银滩，支起三顶帐篷，创建中国第一个核武器研制基地。

中国第一颗原子弹、第一颗氢弹在这里研制；221 基地完成了中国前十六次国家核试验；承担了多个型号的导弹核弹头的批生产、交付任务，装备了部队，壮了国威、军威。

1995 年 5 月 15 日，新华社向全世界宣布：我国第一个核武器研制基地退役！

值此基地创建六十周年之际，谨以此书献给为我国核武器事业建立了历史功勋的221人。

2017年6月17日

刘书鹤

目　　录

第一章　到祖国最需要的地方去

翻阅家中的老照片，目光停留在几张五十年前的黑白相片上，时空瞬间穿越到1964年8月，哈尔滨工业大学校园里，一群年轻人正在热议着毕业典礼上李昌校长[①]的讲话，脑海中回想着建筑工程学院礼堂里那庄严而又激情的场景，礼堂左侧是“思想里红旗飘扬、立伟志为国争光!”，右侧是“服从分配、到祖国最需要的地方去!”的大幅标语……

1. 西行路上

当年，无线电工程系、航空工程系和工程物理系的

① “一二·九”运动的组织者之一，曾任共青团中央副书记，调哈工大当校长时，规格很高，任命书上盖的是毛泽东的签章。

学生是在哈尔滨工业大学二部完成学业的。多数同学是靠国家每月 12 元左右的助学金生活。从校部经过马家沟结队步行回到二部后，同学们就陆续收到了“报到证”。我的报到单位名称是——第二机械工业部第九研究设计院，报到地址是——青海省西宁市西宁大厦 212 房间。我们班有四个人分到了九院，分别是我的同桌孟庆厚以及李希元（第九研究设计院建筑设计分院）和付廷鑫。我们是“452”专业的首届毕业生，全班 32 个人有 11 人分配到首都北京，那是年轻人向往的地方，他们喜形于色。

说实话，我们四人也为分到国防科技战线而自豪。

离校前没有聚会，有的只是同窗好友间的勉励和祝福，依依不舍而又胸怀梦想，相互约定在不同的工作岗位上为国争光！

第二天下午，系主任靖伯文和党总支书记韩瑞金①专门约见了我们几个入党积极分子，说分到保密单位是祖国的需要，更是组织的信任，嘱咐我们要发扬哈工大“规格严格、功夫到家”的校风，靠拢党组织，争取早日加入中国共产党，为共产主义奋斗终生！

非常巧合的是，我和孟、李是三个属龙的辽宁省同乡，五年的同窗、同桌，又分到一个单位工作就更加亲近、更加有缘。我们互相帮着拆洗完被褥，把五年的学习用品和书籍装到在市场上花五角钱买的旧木包装箱里，凭

---

① 辽沈战役中解放锦州的曾雍亚部队三营长。

哈尔滨工业大学 5945-2 班毕业合影

报到证到三棵树火车站托运行李和书籍（这就是我们的全部家当了）。三人约定到锦州市集合并 ·块儿去青海报到，路费是学校借支的——每人 100 元钱，这 100 元在当时的感觉是非常非常之多的钱了。在父母身边我只住了一周，离家前父亲深情教导说："到单位工作后要积极上进，多向老同志学习，要做到嘴勤、腿勤、手勤。"

9 月 8 日，我们分别从辽东凤城、辽南熊岳、辽西义县来到了锦州集结。在开往北京的火车上欣赏着关外的秋景，高粱红了、玉米黄了，路边的果树枝头下垂、硕果累累，祖国的大好河山真美！

到了北京站后才知道开往西宁的火车不是每天都有，

是隔日运行的，只好在北京住宿候车。好在我们曾在北京七六八厂实习（三个月），毕业设计又是在中国计量科学研究院完成的（六个月），对北京还算熟悉，就住到了“德胜门外农民接待站”，这里每人每天才需五角钱。

9月10日，北京开往西宁的直达快车启动后，我们三个年轻人心情非常激动，嘴里哼着“学习雷锋好榜样”，不停地拖地、送水，帮列车员整理行李架上的物品。我们自己的旅行袋中东西不多、不重，最重的一件是孟庆厚的，里边还有多半袋老家苹果树结的国光苹果，三个人一路上就吃苹果，每个都特大、特甜。那时火车上可以凭票供应三餐，是不收粮票的，通常只有一顿午餐是“盒饭”，饭盒是用三合板的单层木片做的，非常环保，装着一个肉菜（或者三块炸带鱼）、一个素菜，还有半个咸鸭蛋，价格很便宜，有时三角、有时五角一份。车过安阳时车站上卖的小烧鸡六角钱一只，我们买了三只，这可是途中唯一的一次开荤解馋了，第一夜睡得很香。

车到郑州站调头转向西行，中原大地上火红的苹果、橘红的柿子，一片丰收景象。西安过后两侧已是黄土高坡，宝鸡到天水间穿过很多山洞，开始时很好奇，每过一洞就看窗外数着：“第一个洞、第二个洞……第十个洞……”，后来洞太多就数不清了，那时还不知道山洞都是有编号、洞长等标记的。突然，李希元指着坐在窗边数数的我们两个人大笑，互相一看才明白，原来都是黑黑的包公脸了，那是被蒸汽机车的煤烟熏黑的。河西走廊更荒凉，树少了、人少了（连火车站上都没几个人）、房子也少了，地里玉米不到一人高，谷穗大的像猫尾巴，小的像烟头。第二夜睡得很晚，醒来时广播里预报下一个大站是兰州。与郑州过黄河时的又黄、又混完全不同，这里的黄河水是非常清澈透明的。

经过五十三个半小时的旅程，列车终于在第三天的下午六时到达西宁站。对高原古城西宁的第一印象是西宁站怎么会是这样的小?!出站后第一件事是在车站对面的回民小饭店里吃了一盘羊肉干拌面，量很大、肉末多，才四角钱一份，很便宜。这青海第一顿饭的印象不错。

火车站到市里只有一路公共汽车，到西宁大厦就一站地，三个人步行到西宁大厦的212房间报到。接待我们的是两位非常热情的老同志，交报到证、户口关系和粮食证明等，办完相关手续一位老同志带我们来到大厦后院。那里停放着一辆深绿色的大轿车，车门上涂有醒目的红五角星标记，车上早已有十几个人坐着，有的好像似曾相识，原来也都是和我们乘同一趟火车来报到的学生。轿车穿过市区把我们直接送到胜利路196号——西宁招待所。

终于可以在双层铁床上休息了，但这高原的第一夜还是很难入睡，想着刚刚从最繁华的首都、绿色的原野一下子来到人少地荒、“禾生垄亩无东西”的西部，想着古人杜甫的诗词“君不见、青海头，古来白骨无人收”；但想得更多的还是年轻人的理想和信念、祖国的需要，想着师长的教导、同学的祝愿、父辈的叮嘱，想着决心在西部高原大干一场、在国防科研战线上创业奋斗……

2. 保密教育——第一课

1964 年分配到第九研究设计院的大中专毕业生有近 1 200人，一年给一个单位调配这么多的学生，是以周恩来总理为主任的“中央专门委员会”的重要决策（十五人的专委会中有七位副总理、七位部长），可见中央的重视和决心。

9 月下旬，多数学生已到西宁报到。接到学生大队的通知，第二天上午八时到对面小巷里的交通俱乐部开会，这是报到后的第一课，内容是对我们进行一次全面的、系统的保密教育。领导们在主席台上就坐，台下是八百多名将要从事国防科技工作的新人。主讲人详细地分析了当时国内、国际的形势，清晰地论述了保守国家秘密的重要性和必要性，传达了毛主席关于保密工作的教导；“保守党的机密，慎之又慎”。“必须十分注意保守秘密，九分半不行，九分九也不行，非十分不可”。讲解了有关保密守则的内容和要求。规定了一系列具体事项：如明确告知单位的（掩护）名称是“国营综合机械厂”，通讯地址是青海省矿区×××信箱××分箱，根据保密规定私人通讯时不能涉及单位的工作性质、地理位置、规模人数等事项。这一课要求我们这些将要从事国防科研工作的人从此一生时时、处处、事事保守国家的秘密。

会议的高潮是保密宣誓，台上的领誓人宣读《保密守则》：

① 不该说的机密，绝对不说；

② 不该知道的机密，绝对不问；

③ 不该看的机密，绝对不看；

④ 不在私人通信中涉及机密事项；

⑤ 不在非保密本上记录机密事项；

⑥ 不在不利于保密的场合谈论机密；

⑦ 不带机密材料游览公共场所和探亲访友；

⑧ 不用公用电话、明码电报、普通邮局办理机密事项。

台下，八百多人同时举起右手，一行行、一人人高声宣誓："宣誓人×××!"

这一课，会场上严肃、严格、严厉的气氛，我记忆犹新，《保密守则》的要求牢记心中。

保守国家机密，我们这代人做到了。当退休的时候，工作笔记本、试验记录本、科研计算稿纸、科研报告稿纸等一本不缺、一页不少，一切涉密文件全部上缴——因为五十年前的那一课、曾经的宣誓，我们牢记着。

3. 西宁街头的蓝色人群

当内地还是“秋老虎”天的时候，青海西宁的气温已经渐渐冷起来了，特别是早晚街上已是乱穿衣的季节，少数人已穿上棉衣和皮衣。还好，单位给每个人发了一顶皮帽子、一双翻毛棉皮鞋、一床单人毛毡（白色的是羊毛轧制的、棕色的是牦牛毛轧的）和一件蓝色的棉大衣，就是我们常说的“四大件”。对于那些从南方院校来的学生真的是雪中送炭，因为他们有人是穿着短裤、短衫来报到的。

除了报到较晚的少数人还住在“小楼”（胜利路招待所的简称），我们已经全部搬到杨家庄大礼堂住，那里已摆满了一排排、一行行铁制的折叠床，各学生中队集中安排，以便于组织活动和生活管理。学生大队领导通知说暂时还不能“上去”（指到工作单位），许多年后才知道那是因为国际形势紧张，苏修已经把多枚导弹瞄准了基地。

国庆节那天，范西华等哈尔滨工业大学的83名校友组织了一次到“北山”的郊游活动，实际上还有哈尔滨军事工程学院、东北工学院、东北林学院等学友都参加了，还有一位是从云南来的学钢琴专业的女同学也来了。跨过湟水河，顺着放羊的小路爬山，互相鼓励着、互相搀扶着，都是二十几岁的年轻人，没觉着很累就爬到了山顶，但第一个登顶的是家住浙江省、安吉县山区的蒋海桂同学。山上长满了一人多高带刺的灌木丛，山坡上散落着点点白色的羊群。俯视西宁古城坐落在湟水两岸，是座东西分布的窄条状城市。东边是西宁火车站，铁道北是一排排的平房，那是西宁铁路局的家属院，湟水河两侧的山上光秃秃的，市里只有几处点点的绿色，西边所谓的“人民公园”只是小桥附近湟水岸边的一块湿地，市里仅有几栋三层的砖制楼房，最最显眼的是东关清真大寺的屋顶和建筑物，只有大什字街上走着三三两两的人群。再向远处望去，山脚下地里的青稞麦、蚕豆和油菜籽有的已经收割，堆成一垛垛……下山比上山更慢、更险，回到驻地已经很累，这一夜睡得真香。

组织上安排报到的学生分成两部分，一部分将参加青海地方的“社教运动”，组成了“学生分团”（一年）；一部分直接“上去”进行劳动锻炼（一年），组成劳动实习队，我是“上去”的一员。

学生大队是准军事化管理的，严格规定外出请假制度，要求不能单独外出，外出时要两人成行、三人成列。对于只有几万人的西宁古城，这一千多人的队伍还是很显眼的。所以，在十月、十一月的两个月里，你会经常在西宁街头看到那一群群穿着蓝色大衣的人。

4. 东方巨响

1964 年 10 月 16 日晚，从中央人民广播电台的广播里听到了中国第一颗原子弹爆炸成功的喜讯，新闻公报说："中国在本国西部地区爆炸了一颗原子弹，成功地进行了一次核试验。中国核试验的成功是中国人民加强国防保卫祖国的重大成就，也是中国人民对于保卫世界和平事业的重大贡献"。并宣布声明："中国政府在任何时候、任何情况下，都不会首先使用核武器……"。在举国欢腾、西宁有人上街庆祝的时候，我们不上街、不聚会，只在当晚出了一期黑板报，在杨家庄驻地表达激动的心情，深夜写了一首曲牌《浪淘沙》的词，以表庆贺。

浪淘沙（一）

赞中国第一颗原子弹爆炸成功

中国原子弹，
历史空前，
五洲人民喜相传。
牛鬼蛇神都胆战，
有怕有欢。

短短十五年，
独立自主，
自力更生绩连篇。
打破美苏核垄断，
伟大贡献。

刘书鹤词作于 1964 年 10 月 16 日夜

谁也不问、谁也不说、谁也不会直接告诉你，似乎心中已“明白”——这就是我要奉献终生的事业，这里就是祖国最需要的地方。

为了对我们献身的崇高事业的价值和意义，有个更全面、更深入的了解，不妨重温一下周恩来总理亲自主持起草的“政府声明”和“新闻公报”两份文献的全文。

《中华人民共和国政府声明》全文如下：

一九六四年十月十六日十五时中国爆炸了一颗原子弹，成功地进行了第一次核试验。这是中国人民在加强国防力量、反对帝国主义核讹诈和核威胁政策的斗争中所取得的重大成就。

保护自己，是任何一个主权国家不可剥夺的权利。保卫世界和平，是一切爱好和平的国家的共同职责。面临着日益增长的美国的核威胁，中国不能坐视不动。中国进行核试验，发展核武器，是被迫而为的。

中国政府一贯主张全面禁止和彻底销毁核武器。如果这个主张能够实现，中国本来用不着发展核武器。但是，我们的这个主张遭到美帝国主义的顽强抵抗。中国政府早已指出：一九六三年七月美英苏三国在莫斯科签订的部分禁止核试验条约，是一个愚弄世界人民的大骗局；这个条约企图巩固三个核大国的垄断地位，而把一切爱好和平的国家的手脚束缚起来；它不仅没有减少美帝国主义对中国人民和全世界人民的核威胁，反而加重了这种威胁。美国政府当时就毫不隐讳地声明，签订这个条约，绝不意味着美国不进行地下核试验，不使用、生产、储存、输出和扩散核武器。一年多来的事实，也充分证明了这一点。

一年多来，美国没有停止过在它已经进行的核试验的基础上生产各种核武器。美国还精益求精，在一年多的时间内，进行了几十次地下核试验，使它生产的核武器更趋完备。美国的核潜艇进驻日本，直接威胁着日本人民、中国人民和亚洲各国人民。美国正在通过所谓多边核力量把核武器扩散到西德复仇主义者手中，威胁德意志民主共和国和东欧社会主义国家的安全。美国的潜艇，携带着装有核弹头的北极星导弹，出没在台湾海峡、北部湾、地中海、太平洋、大西洋，到处威胁着爱好和平的国家和一切反抗帝国主义和新老殖民主义的各国人民。在这种情况下，怎么能够由于美国暂时不进行大气层核试验的假象，就认为它对世界人民的核讹诈和核威胁不存在了呢？

大家知道，毛泽东主席有一句名言：原子弹是纸老虎。过去我们这样看，现在我们仍然这样看。中国发展核武器，不是由于中国相信核武器的万能，要使用核武器。恰恰相反，中国发展核武器，正是为了打破核大国的核垄断，要消灭核武器。

中国政府忠于马克思列宁主义，忠于无产阶级国际主义。我们相信人民。决定战争胜负的是人，而不是任何武器。中国的命运决定于中国人民，世界的命运决定于世界各国人民，而不是决定于核武器。中国发展核武器，是为了防御，为了保卫中国人民免受美国发动核战争的威胁。

中国政府郑重宣布，中国在任何时候、任何情况下都不会首先使用核武器。

中国人民坚决支持全世界一切被压迫民族和被压迫人民的解放斗争。我们深信，各国人民依靠自己的斗争，加上互相支援，是一定可以取得胜利的。中国掌握了核武器，对于斗争中的各国革命人民，是一个巨大的鼓舞，对于保卫世界和平事业，是一个巨大的贡献。在核武器问题上，中国既不会犯冒险主义的错误，也不会犯投降主义的错误。中国人民是可以信赖的。

中国政府完全理解爱好和平的国家和人民要求停止一切核试验的善良愿望。但是，越来越多的国家懂得，核武器越是为美帝国主义及其合伙者所垄断，核战争的危险就越大。他们有，你们没有，他们神气得很。一旦反对他们的人也有了，他们就不那么神气了，核讹诈和核威胁的政策就不那么灵了，全面禁止和彻底销毁核武器的可能性也就增长了。我们衷心希望，核战争永远不会发生。我们深信，只要全世界一切爱好和平的国家和人民共同努力，坚持斗争，核战争是可以防止的。

中国政府向世界各国政府郑重建议：召开世界各国首脑会议，讨论全面禁止和彻底销毁核武器的问题。作为第一步，各国首脑会议应当达成协议，即拥有核武器的国家和很快可能拥有核武器的国家承担义务，保证不使用核武器，不对无核国家使用核武器，不对无核武器区使用核武器，彼此也不使用核武器。

如果已经拥有大量核武器的国家连保证不使用核武器这一点也做不到，怎么能够指望还没有核武器的国家相信他们的和平诚意，而不采取可能和必要的防御措施呢？

中国政府一如既往，尽一切努力，争取通过国际协商，促进全面禁止和彻底销毁核武器的崇高目标的实现。在这一天没有到来之前，中国政府和中国人民将坚定不移地走自己的路，加强国防、保卫祖国、保卫世界和平。

我们深信，核武器是人制造的，人一定能够消灭核武器。

新华社于16日发布《关于中国原子弹爆炸成功的新闻公报》，全文如下：

一九六四年十月十六日十五时（北京时间），中国在本国西部地区爆炸了一颗原子弹，成功地进行了第一次核试验。

中国核试验成功，是中国人民加强国防、保卫祖国的重大成就，也是中国人民对于保卫世界和平事业的重大贡献。

中国工人、工程技术人员、科学工作者和从事国防建设的一切工作人员，以及全国各地区和各部门，在党的领导下，发扬自力更生、奋发图强的精神，辛勤劳动，大力协同，使这次试验获得了成功。

中共中央和国务院向他们致以热烈的祝贺。

《人民日报》还印发了套红的号外。

人民日报 号外

1964年10月16日

加强国防建設的重大成就，对保卫世界和平的重大貢獻

我国第一颗原子弹爆炸成功

我国政府发表声明，郑重建议召开世界各国首脑会议，讨论全面禁止和彻底销毁核武器问题

新华社北京十六日电 新闻公报

一九六四年十月十六日十五时（北京时间），中国在本国西部地区爆炸了一颗原子弹，成功地实行了第一次核试验。

中国核试验成功，是中国人民加强国防、保卫祖国的重大成就，也是中国人民对于保卫世界和平事业的重大贡献。

中国工人、工程技术人员、科学工作者和从事国防建设的一切工作人员，以及全国各地区和各部门，在党的领导下，发扬自力更生、奋发图强的精神，辛勤劳动，大力协同，使这次试验获得了成功。

中共中央和国务院向他们致以热烈的祝贺。

新华社北京十六日电 中华人民共和国政府声明

一九六四年十月十六日

一九六四年十月十六日十五时，中国爆炸了一颗原子弹，成功地进行了第一次核试验。这是中国人民在加强国防力量、反对美帝国主义核讹诈和核威胁政策的斗争中所取得的重大成就。

保护自己，是任何一个主权国家不可剥夺的权利。保卫世界和平，是一切爱好和平的国家的共同职责。面临着日益增长的美国的核威胁，中国不能坐视不动。中国进行核试验，发展核武器，是被迫而为的。

中国政府一贯主张全面禁止和彻底销毁核武器。如果这个主张能够实现，中国本来用不着发展核武器。但是，我们的这个主张遭到美帝国主义的顽强抵抗。中国政府早已指出：一九六三年七月美英苏三国在莫斯科签订的部分禁止核试验条约，是一个愚弄世界人民的大骗局；这个条约企图巩固三个核大国的垄断地位，而把一切爱好和平的国家的手脚束缚起来；它不仅没有减少美帝国主义对中国人民和全世界人民的核威胁，反而加重了这种威胁。美国政府当时就毫不隐讳地声明，签订这个条约，决不意味着美国不进行地下核试验，不使用、生产、储存、输出和扩散核武器。一年多来的事实，也充分证明了这一点。

一年多来，美国没有停止过在它已经进行的核试验的基础上生产各种核武器。美国还精益求精，在一年多的时间内，进行了几十次地下核试验，使它生产的核武器更趋完备。美国的核潜艇进驻日本，直接威胁着日本人民、中国人民和亚洲各国人民。美国正在通过所谓多边核力量把核武器扩散到西德复仇主义者手中，威胁德意志民主共和国和东欧社会主义国家的安全。美国的潜艇，携带着装有核弹头的北极星导弹，出没在台湾海峡、北部湾、地中海、太平洋、印度洋、大西洋，到处威胁着爱好和平的国家和一切反抗帝国主义和新老殖民主义的各国人民。在这种情况下，怎么能够由于美国暂时不进行大气层核试验的假象，就认为它对世界人民的核讹诈和核威胁不存在了呢？

大家知道，毛泽东主席有一句名言：原子弹是纸老虎。过去我们这样看，现在我们仍然这样看。中国发展核武器，不是由于中国相信核武器的万能，要使用核武器。恰恰相反，中国发展核武器，正是为了打破核大国的核垄断，要消灭核武器。

中国政府忠于马克思列宁主义，忠于无产阶级国际主义。我们相信人民。决定战争胜负的是人，而不是任何武器。中国的命运决定于中国人民，世界的命运决定于世界各国人民，而不决定于核武器。中国发展核武器，是为了防御，为了保卫中国人民免受美国发动核战争的威胁。

中国政府郑重宣布，中国在任何时候、任何情况下，都不会首先使用核武器。

中国人民坚决支持世界一切被压迫民族和被压迫人民的解放斗争。我们深信，各国人民依靠自己的斗争，加上互相支援，是一定可以取得胜利的。中国掌握了核武器，对于斗争中的各国革命人民，是一个巨大的鼓舞，对于保卫世界和平事业，是一个巨大的贡献。在核武器问题上，中国既不会犯冒险主义的错误，也不会犯投降主义的错误。中国人民是可以信赖的。

中国政府完全理解爱好和平的国家和人民要求停止一切核试验的善良愿望。但是，越来越多的国家懂得，核武器越是为美帝国主义及其合伙者所垄断，核战争的危险就越大。他们有，你们没有，他们神气得很。一旦反对他们的人也有了，他们就不那么神气了，核讹诈和核威胁的政策就不那么灵了，全面禁止和彻底销毁核武器的可能性也就增长了。我们衷心希望，核战争将永远不会发生。我们深信，只要全世界一切爱好和平的国家和人民共同努力，坚持斗争，核战争是可以防止的。

中国政府向世界各国政府郑重建议：召开世界各国首脑会议，讨论全面禁止和彻底销毁核武器问题。作为第一步，各国首脑会议应当达成协议，即拥有核武器的国家和很快可能拥有核武器的国家承担义务，保证不使用核武器，不对无核武器国家使用核武器，不对无核武器区使用核武器，彼此也不使用核武器。

如果已经拥有大量核武器的国家连保证不使用核武器这一点也做不到，怎么能够指望还没有核武器的国家相信它们的和平诚意，而不采取可能和必要的防御措施呢？

中国政府将一如既往，尽一切努力，争取通过国际协商，促进全面禁止和彻底销毁核武器的崇高目标的实现。在这一天没有到来之前，中国政府和中国人民将坚定不移地走自己的路，加强国防，保卫祖国，保卫世界和平。

我们深信，核武器是人制造的，人一定能消灭核武器。

第二章 初上禁区——到“上边”去

1964 年的大中专毕业生被分成两部分：一部分直接进厂，到生产部去劳动锻炼一年；一部分组成“北京学生劳动大队”到乡下去，参加青海农村的“社会主义教育运动”（简称社教）一年。我是前一部分的一员。

1. 下马威——沙尘暴

11 月 11 日，我们几百名学生从西宁火车站乘坐铁皮闷罐车到“上边去”，每个人的行李都不多，穷学生们最多三件、少的就两件，行李卷、书箱、旅行袋。一路上在车里几乎什么也看不到，只觉得这里的火车开得很慢，平均每小时不到 50 公里的速度，车上温度很低，穿着棉大衣都有点哆嗦，原本坐在行李上的人也都站起来，跺着两脚也不管用，真的太冷了……

这趟慢车走走停停、停停走走，好像还换过车头，终于带队的说："加工厂到了，咱们都下车吧！"费了好大的劲才拉开闷罐车的车门，一股冷风袭来，风里夹着沙粒打到脸上有点痛。在西宁时听老同志们讲上边风大，没想到这么大的风沙，这应该就叫飞沙走石吧！迎着风站着直不起腰、睁不开眼睛，背着风站着根本站不住脚，眼前就是一阵阵、一片片的风沙尘土，人人都是浑身的沙土、满脸的灰尘，周围什么也看不见，这是什么鬼地方？"上边"天天是这样吗？来不及问什么，稀里糊涂地上了早已等在加工厂"站台"的一辆辆带篷的大卡车，下坡、上坡走了一段稍平整些的土路，我们来到了 52 号楼楼前，能见度不超过五十米，下车后隐约地可见附近还有不高的楼房。分到第二生产部劳动锻炼的人都在 52 号楼前下车，卸车、搬行李，上楼时突然感到呼吸困难，大口地喘着气，气还是不够用，只好在楼梯拐弯处休息一下，似乎能听到自己心脏的跳动声，大家都没有了力气。

带队的老同志还说："你们能住进楼房，待遇已经是最高级别的了，前两个月来厂报到的技校学生们都和师傅们住在'西伯利亚'的半地下的地窝棚里！"

这一夜怎么也睡不着觉，头晕脑胀不好受。这神秘的禁区，恶劣的天气，给我们来了个下马威！

2. 也说蜗居

52 号楼是刚刚竣工交付的单身楼，有三层，每层有二十几个房间，每个房间的面积大约 14 平方米。楼道里、房间里还散发着刷墙用的白灰气味。我们是第一批住户，每个房间门上已经贴好了分配名单。房间里配有四个铁制的双层床、一张三斗桌、一把木椅子、一个脸盆架，同屋住的八个人的个人物品都塞在床底下。隔壁那个屋住七个人，留一个上铺用来放东西，就很让人羡慕了。

话说 1958 年 7 月，中共中央书记处总书记邓小平批准了二机部上报的西北核武器研制基地（221 基地）的选点方案。那年 8 月，李觉将军带着二十多人、三顶帐篷、四辆卡车、四辆吉普车进入草原创业，给人们树立了榜样；割草，平地支起帐篷，就是当地最早的办公室和宿舍“楼”，形成了三顶帐篷的“地标”。

李觉将军、吴际霖副院长等领导和职工住的帐篷

1963年到1964年年初，基地已建起一栋栋楼房，但当“草原会战”，实验部、设计部、理论部等从北京迁来时，住房还是紧张的。为了让会战的技术人员有个较好的工作条件和生活环境，李觉将军、吴际霖副院长、王志刚副院长、李信副院长等领导同志又都迁回到帐篷里办公和居住。领导同志们的榜样力量巨大，广大技术人员和职工深受感动，大家努力工作，实现了“东方巨响”。我们这些刚到基地工作的一群年轻人，就住进了楼房，能不感动吗？我们知足了。多少年后，将军住帐篷、学生住楼房的故事，仍在传颂着。

第二生产部西边的“西伯利亚”是工人师傅和技校学生们住的地方，那是一排排、一片片干打垒式的半地下建筑。从地面上向下挖一米多深的土坑，用土坯或红砖砌墙，成半坡式的支撑，上边用圆木和板皮搭起屋顶，再铺上油毡纸、压上几排砖防止风吹，这就是基地人的宿舍了，最讲究的内部装修也只不过是用报纸糊上顶棚和墙壁。师傅们的家里会在过年时贴上几幅年画。

其实，这样的半地下建筑在草原上随处可见，三厂区的公路旁，一厂区到加工厂的坡上，总厂区办公楼东边的路边草地上，形成了一道道“美丽”的风景线。有人还给这些地方起了非常好听的地名，比如“朝阳沟”，就是河南人集中居住的地方。

有些“草原人”就是长期住在这种“住房”里工作生活、娶妻生子、一辈子，直到撤点销号。

3. 劳动锻炼

第二生产部是个炸药分厂，全厂禁止烟火。分到第二生产部二二〇车间的大学生有二十多人，我和赵克勤、刘宪起、茅以才、杨超群、王永真六人分到了电工班。其他人分到了车工班、钳工班、木工班等。第一天，每人发了一套电工工具：钢丝钳、尖嘴钳、螺丝刀、电工刀各一把和一条电工皮带（至今还保存着），拜电工班长刘玉宝师傅（六级工）为师，学艺、劳动锻炼。电工班还有四个刚从部队转业的军工和四个学徒工。

第一课是电工安全操作课，师傅们要求非常严格，教你怎样按规定操作防止触电和急救办法。对于我们学电的学生这课并不难，难的是要按规定去做。

第二课是电工工具的使用，师傅们手把手地教你怎样使用钢丝钳断线、接线，按电工手册的要求怎样把单股、多股线对接，互相缠绕几圈才合格。

第三课是讲各种继电器、熔断器及控制线路的基本原理，正反转的接法和常见故障的处理，这一课我们比军工们理解得快些……

拆卸电机是个较费劲的技术活，用扒子打开电机端头，取出转子在大盆汽油中清洗，这时绝对禁止烟火。有时电机烧坏了，需要重新绕线圈时，师傅们自己动手缠绕，我们围成一圈看着学着。

爬电线杆是电工必须掌握的技能，爬木杆时用脚扣，爬水泥杆时用绳板套，说起来简单，真的爬上去还真不容易。第一次爬杆也需要点胆量，爬到杆顶时会觉得电线杆有点晃动，师傅们说这样的杆子才是合格的，上去不晃的杆子迟早会倒下。

最愿意干的活儿，是每个星期一跟着师傅到各个变电所去巡回检查，因为第二生产部厂区很大，平时不许随便走动，这时可以知道哪是哪。军工们也愿意去，是因为炸药车间的主任会在生活区里送上一杯暖暖的糖茶水，那是他们的日常保健之一。

争着要去的事儿，是到二一八室和二二〇车间去检查修理试验设备和机床，因为那里有年轻的女学生，检修时可以近距离地停留，知道她们叫什么名字、哪里人、哪个学校的。

可笑的年轻电工们！看到师傅们拿把螺丝刀在电机上用耳朵听声音来判断设备是否有故障时，我们也会这样做，其实开始时什么也分不清楚，听不出什么声音正常、什么声音是故障。

近一年的电工劳动锻炼下来，我们都达到了二级工水平，真的还受益匪浅，有些事还受益了一辈子。一是那一年学到了电工操作知识技能，大概知道什么样的声音说明设备有毛病，可能故障点在哪里。更重要的是学到了师傅们严肃认真的工作态度，一丝不苟的操作技巧，特别是真诚待人、善良敬业的人品。

劳动锻炼结束时师徒合影

当我分配到设计部工作时，还经常去向师傅们请教试验设备中的电气控制问题，装四〇二变电所时也敢和那里的电工师傅们一起操作；就是三十年后下山建新厂变电所时，也能自己动手安装高低压供电设备、埋设供电电线杆、架设供电线路，都是得益于这一年的电工劳动锻炼的经历。

4. 挖战壕

据说第一颗原子弹爆炸前苏修就把数十枚核导弹瞄准

了基地，要和美国人对我们做外科手术，遵照毛主席“备战、备荒、为人民”的教导，1964 年基地就开始挖防空洞，并把重要资料、图纸和设备战备转移到防空洞里。

1965 年，挖防空洞、挖战壕的事在基地里全面铺开，我们这些年轻的大中专学生就成了主力队员。第二生产部的几十个大学生乘坐大卡车来到距离厂区二十多里地的北山脚下，每个人发了一套工兵装备：一把大铁锹、一把小铁锹、一把小铁镐。山脚下的草地很不好挖，薄薄的一层表皮层下边就是河卵石，大小不一、排列混乱，一锹下去挖不了多深，小镐、小锹、大锹轮着使用，有点啃骨头的感觉。一米深以下就稍稍好挖些，按照设计要求先挖一条两米多宽的深沟，再向两边挖猫耳洞。

还记得第一天挖战壕时是个非常好的天，清澈透明的蓝天上，飘着几朵白云。中午食堂送来的午餐很丰富，有肉菜、有汤，有馒头、大饼，每个人都吃得很多（中午饭只交定量粮票，可以随便吃）。饭后休息的时候觉得有点热，看到蒋海桂脱掉了工作服外衣，接着再挖就出汗了，加上头顶火热的太阳，我也无知地脱掉工作服只穿件背心干活。晚上回来时感到背上火辣辣地疼，同屋的人看到凡是后背露着的地方都已红肿，那是高原太阳光、紫外线强烈照射的功劳。几天后不太疼了，但是脖子、背部、胳膊红肿的地方掉了一层皮。记住吧：在高原上太阳毒、紫外线强，再热也别脱衣服晒着你的皮肤！

开始时不会挖，每人定量一个猫耳洞都很难完成，后来有经验找到窍门了，一天可以挖两个洞。有人还发明了一个洞口进去，里面对面两个洞，还在中间留下一块长方形的高台，说是以后下棋用，有人在猫耳洞边上再挖个灯台，说是点灯照明的……

挖战壕的季节正是草原上最美最好的时候，绿草、红花，可以在猫耳洞里看远方的雪山，听百灵鸟的歌唱，抬头还能望见两只雄鹰在盘旋飞翔。啊！好美！年轻的人们总爱幻想，这一天休息时，坐在草地上看远方电厂的烟囱冒着白烟，蒋海桂说："你们看，烟囱上有两只苍蝇!"有人接话说："不是两只，是三只!"大杨慢吞吞、乐哈哈地说："我看清了，是一只母苍蝇、一只公苍蝇!"草地上一片笑声、闹声。其实电厂离北山脚下有近二十公里，那时只是说着玩的。多少年后，这个笑话已近现实，卫星上的照相机可以看清地面上的人在读报纸啦，这就是创新的幻想，这就是技术进步。

还有一次有人调侃说："青藏高原气候恶劣，咱们在中印边界的喜马拉雅山下装上几颗原子弹，实行定向穿地爆破，打他几个山洞，把印度洋的暖风气流引到这里来吧!"大家附和着说："好哇！就这么办！咱们多造几颗原子弹!"

一群充满科学幻想的年轻人，渴望技术创新的年轻人，改天换地的年轻人!

5. 救火

“打炮”是爆轰试验的代名词。而爆轰试验在武器的设计、研制过程中是必不可少的，以摸清内爆规律，检验理论设计、结构设计的正确性、合理性和可行性，使设计完善、改进、提高。1964 年 6 月，在六厂区进行的一比一模型的爆轰试验获得成功，为第一颗原子弹的可靠性提供了实验依据。

1965 年 5 月 2 日（星期日），正在 52 号楼宿舍休息时，突然听到广播喇叭里传来“快去救火”的动员令，那是六厂区“打炮”引起的草原大火。

当我们几个年轻人跑到俱乐部门前时，看到已经有几辆大卡车停在那里，有一辆车上已经上满了救火的人。俱乐部广场有人正在发放救火用的竹扫帚、木拖布、木棒等用具，有人组织上车，很快我们几个人就随着车队出发了。过“小桥”、四厂区、三厂区，向左拐弯时就能看到远方草地上的火光，这是由于爆炸时的残碎片和火星在爆轰波的推动下飞出几百米、甚至上千米后落在草地上、公路旁、土堆上点燃了干草。

看！山坡上火苗在风的吹动下又把新的干草吞噬，烧过的草地上留下一片片弧形的黑色，黑色的外边是正在燃烧的火苗，顺着风势火苗由小到大，好像运行得很快，不一会儿一个小山包就全都烧着了。火光就是命令，不等车停稳我们就跳下车向火场跑去，可以听到“噼里啪啦”的响声，脸上可以感到一股股热浪袭来，一群人挥舞着手中的工具一顿乱打，弄得满脸浑身的草木灰……

还好，大火终于被扑灭，前方是浩浩荡荡的灭火大军，回头看已经扑灭的山坡草地上留下一片黑色的圆弧，光秃秃的山坡。

回来的路上，看到有几辆消防车还在向六厂区奔去，有一辆小车超过我们驶去，有人说：“看，陈能宽副院长在车上!”实验部的人告诉我们，本来在“打炮”靶场周边是挖了一道防火沟的，可能是草长得太快，天气干燥多风就烧到了外边，如果让草原上的大火蔓延下去，将会损坏草场，给成群的牛羊的生存带来威胁，那是牛羊的口粮嘛!

草原上的火是熄灭了，但救火也成了许多人的烦心事。通常，参加临时救火的人，撤场前都要进行一次全身的放射性检查，就是用测量 α 粒子的放射性仪器探头从头到脚地全身扫描（就像现在的安检），头部、上衣、裤子、鞋，仪器的指针晃动一下，喇叭里就会发出“啪!”的报数响声，多数人都能顺利地通过检查。听说有两位老兄救火时误入靶场的铁丝网内，检测一个人的上衣时，α 剂量数比本底多了一点，另外一个人虽然计数不超，但仪器突然“啪！啪!”两声连响，剂量人员又让他们转身、抬脚、低头再测一遍时，就有些紧张了。剂量人员好像都是司空见惯、麻木不仁的样子，因为他们心中有个本底标准计数，清楚地知道仪器在一定范围内的忽高忽低也是正常的放射性现象。最后剂量人员平静地说："没有事，请你放心就是了。"但是那两个人认为自己看到的、听到的才是最可信的，当面不好说什么，一离开剂量站就把手套、口罩全都扔掉了，有人连外衣都扔了，回来的第一件事是洗个澡冲去那心中的疑虑。

5 月 14 日，中国第一颗空投核航弹爆炸成功。5 月 14 日晚毛泽东批准了新华社编发的新闻公报《中国又一颗原子弹爆炸成功》。公报指出："这次试验成功，是中国人民加强国防、保卫祖国安全和世界和平方面的又一重大成就。"

6. 男人国里找朋友

神秘的禁区是男人的世界，是个"男人国"。警卫团、骑兵队、高炮师、导弹营、工程兵团，还有"三军实习队"（海军实习队、第二炮兵实习队、空军实习队）的干部战士，几乎都是男人。

1958 年进厂的那批"青年"也多是男人，1964 年初从北京迁来参加第一颗原子弹"草原大会战"的设计部、实验部、理论部、生产部的工程技术人员和高级工匠们中只有少数几个女同志；1964 年、1965 年分配到九院报到的两千多名大中专毕业生中的女学生每百人不足十人，而且多数都是成双成对报到的，很少是一人单身的女学生。啊！一群群男人们。

中央似乎已经知道了这里的男女比例严重失调，随后两年就似乎有意给基地调来一些北京、上海、天津的技校生、中学生，这一批批人中都是女的多、男的少；有些单位如医院、学校、商店等女同志相对多一些，但总体上还是比例失调。

俗话说，“男大当婚、女大当嫁”，这是一个永恒的课题。由于基地的适龄青年中女的少、男的多，所以在这里的女同志就都是美女啦，是“貂蝉、西施、王昭君、杨贵妃”，还是“五朵金花”、天上下凡的“七仙女”，这就是年轻的男同胞追逐的目标。

工作和生活中到处都是男人，只有在早晚上下班排队等班车时、星期天在俱乐部看电影散场时、在百货商店或副食商店买东西时才能看到那稀有的长头发、梳辫子的身影。

第二生产部的技校生、中学生都住在二厂区西边的“西伯利亚”半地下式干打垒的平房里，劳动锻炼的男大学生们会找理由到那里去看看。1965 年元旦时，学生团支部和车间团支部共同组织排练节目、联合进行元旦晚会的演出，什么男声小合唱、女生小合唱，最火的是男女声小合唱，什么小魔术、大变活人的大魔术，情景小戏“鬼子进庄”等等，几乎是全员参演，师傅们看得清楚，不用动员、一定精彩！

按规定第一年没转正前是不能（公开）谈恋爱的，但是青年男女之间的事暗中都在进行着。到1965年9月时，劳动锻炼一年的日期快到了，有的师傅、老乡也会当红娘，分别对小王、小李说：“晚上到我宿舍来一下，介绍个对象怎么样？”晚上当着两个年轻人的面说：“我看你们两个人很般配，你们自己处处吧！”于是就成就了一双双。有胆子大些的男青年，会单独找女孩说：“师傅们都说咱俩好！你看行吗？”于是又成了一对对……还是男人多、女的少，没人介绍的、胆子小的就没有找到女朋友。当然，由于各种原因也会有个别的“剩女”，比如车间里的老BA，因为好吃懒做，“苹果没有鸭梨好吃，再来五斤”，“坐在桌上啃猪蹄”，长得嘛又“太漂亮”，实在没人敢要。

当劳动锻炼结束时，周围的年轻人中，成都电子工程学院的霍××和王××、东北林学院的张××和刘××、哈尔滨工业大学的乔××和许××、还有赵××和丁××在学校时就是一对对恋人；218室和220车间的女技校生和中学生们都有了对象。

草原上的八九月份是一年中最好的季节，绿草苍苍、小鸟歌唱、蓝天白云，年轻的恋人们心情荡漾。经常会发现下班时乘车的人群中少了一些年轻人，当班车启动后，在二厂到总厂区的柏油路上会有一对对人影飘动，有的走大路，有的走小路，随着弯道坡路、草丛起伏，时隐时现。两人离得远些的可能是刚刚开始的一对儿，手拉着手的是热恋着的情人。走在小路上，踏着野草的芳香，才知道鲁迅先生说的：“世界上本没有路，走的人多了就成了路。”年轻的人们相识、相亲、相恋着，路还很远很长。我也收获了一份爱情，女朋友是天津人。

还是剩下的男人多，这些人是在家乡找的朋友，但是还要经过组织上的“政治审查”，只能找城里的干部、工人家庭的子女，农村中贫下中农的子女，政审通过才能继续谈恋爱。有人探亲时找到了城里的中小学教师、纺织女工，再陆续调来基地工作；多数人是在老家农村找的爱人，很久以后才解决了农村户口问题，带着孩子们到草原团聚。

男人国里找朋友，有趣的故事，一个人一个版本，说来话长。怎比《西游记》中西梁女儿国王“寡人以一国之富，愿招御弟为王”那么轻松。

男人国里找朋友，是机遇、还是缘分，年轻的有情人终成眷属，白头到老、情深意长。

7. 现在可以说了

这神秘的禁区叫金银滩。

“在那遥远的地方，有位好姑娘，人们走过了她的毡房，都要回头留恋地张望……”20 世纪 40 年代，著名艺术家、作曲家、西部歌王王洛宾先生的一曲《在那遥远的地方》，从青海湖畔唱遍全中国、风靡海内外。那遥远的地方就是金银滩，一望无际的大草原，令人向往的地方。

资深导演凌子风先生在青海湖畔金银滩上拍摄的影片《金银滩》中的农奴翻身解放的故事都发生在这里，电影插曲中“高山跑马啊云里穿，要找凤凰到银滩”把金银滩的美景再现。

1958 年中央批准中国第一个核武器研制、试验、生产基地——二二一厂选址建在这美丽的金银滩上，从此电影《金银滩》被“封杀”，全国禁止放映，金银滩在中国的地图上消失，这里成了一个神秘的禁区。

现在可以揭开禁区的神秘面纱了。

天气晴朗时，能够清楚地看到这里是一片不小的盆地（地形像四川省），四周被高山环绕，所以便于隐蔽、便于警卫。向东过湟源到省会西宁市，向西过刚察临柴达木，南面翻过日月山是青海湖，北面翻大通山靠祁连山。禁区的总面积为 1170 平方公里（后来压缩到 570 平方公里），距西宁市 102 公里，南边距青海湖 30 公里（其实翻过六厂区的山头就是尕湖了）。有自备铁路专用线 38.9 公里，很早就与青藏铁路一期工程的海晏火车站接轨。禁区内有标准沥青公路约 75 公里，与青新、青藏公路相通。这里是青藏高原的一部分，最高峰同宝山海拔高度 4025 米，厂区最高点是610工号海拔高度3690米，总厂生活区的平均海拔高度是3200米。

这里气候恶劣，是典型的高原气候，紫外线强、高寒缺氧。大家知道海平面的气压为760毫米汞柱，而这里只有525毫米汞柱，含氧量是平原的三分之二左右，氧指数为0.58，就是说在内地吸一口氧气，在这里要吸两口气；年平均气温只有0.4℃，干燥少雨，晚上脱衣服时会有静电火花；一年四季不分明，基本上是冬季，有八九个月要穿毛衣、棉衣，春秋季节经常刮沙尘暴，草原人没有过过夏天，女同志们没有穿过裙子。

同窗刘书鹤、孟庆厚、李希元合影（1965 青海）

这里生活艰苦。由于气压低，水的沸点仅是82℃，常年喝不到100℃的沸水。用普通铝锅蒸馒头都是硬硬地像石头，可以用作打猎和赶羊的石块。面条是黏的、米饭是夹生的。其实觉得青稞面馒头好吃些，就是肚子胀、不消化，高原上生长期很短，牧民们只能在海拔稍低些的地方种一点青稞、土豆、油菜籽。草原人一年到头很少能吃到绿色的蔬菜和新鲜水果，火车从内地运来的绿叶菜都是黄色的，大白菜、大头菜、土豆是主要的副食，罐头是我们的常备食品，家家床底下都有几箱各种罐头。

这里是植物学上的高山草原带。只长草不长树，人们自称“草原人”，报纸是“草原工人报”，第一颗原子弹攻关会战叫“草原会战”，就是四周的高山上也只能生长细枝的灌木丛。每年都种树，结果是“一年青、二年黄、三年就当劈柴棒”，就是北京林学院、东北林学院的高材生们也无用武之地。后来发现在暖气沟顶上挖沟、填半米厚的牛粪羊粪、浇满水、再种树，才能种活几棵杨树，留下条条绿色。

这是一个禁入禁空的禁区。地上有警卫团负责各出入哨所的站岗放哨、验证放行和厂区内主要办公、工号、库房等的执勤警卫任务；山坳中一队队英俊的骑兵队在风雪中巡逻；山顶上高炮师的炮手随时准备击落来犯的飞行物；青海湖边中国第十二导弹营的红旗二号地空导弹起竖待命。啊！一个立体的禁区。

这是一个科研政企合一的地方。禁区内按编号有 18 个厂区，其中 14 个是试验生产区、4 个是生活区。最高建筑物是四层的总办公楼和五层的一〇五大楼，其他的都是干打垒地下室、平房和三层的筒子楼房，全厂只有一部客货两用电梯，安装在一〇五大楼中部。除了 21 个总厂所属的各分厂和机关处室外，还有青海省矿区办事处的公安局、检察院、法院、卫生局、医院、民政局、农牧局、粮食局、商业局、文教局、小学、中学、夜大、电大和矿区银行、矿区邮政局等，这就是一个完整的小社会。有的单位是一套人马、两个名称、两种属性，例如厂保卫部是内部名称，对外就是矿区公安局。

这就是中国的第一个核武器研制基地。中国的第一颗原子弹、第一颗氢弹、第一个地下核试验的装置在这里研制；中国前 16 次国家核试验的试件（产品）在这里制造；实现武器化的三种型号、多个批次的弹头在这里批生产交付，装备了部队，壮了国威、军威！1984 年国庆 35 周年邓小平阅兵时，通过天安门广场的三种战略核导弹的弹头有两种是这里研制生产的。

1996 年 9 月 18 日，中央召开《表彰为我国两弹一星事业作出突出贡献的科学家大会》，23 位科学家荣获两弹一星功勋奖章，其中王淦昌、彭恒武、郭永怀、朱光亚、邓稼先、陈能宽、周光召、于敏等八位科学家曾在禁区工作过。

在神秘的禁区里，我们这些年轻的大学生能在将军、科学家的引导下，在国防科研、“两弹一星”事业中做点事，深感幸运。

第三章 科研新兵

1965 年 9 月，结束了一年的劳动锻炼，到设计部报到。在一〇五大楼，设计部政治部主任戴玉珉讲的第一个要求就是保密，说在设计部你们从事的工作可能会涉及产品的核心机密，必须严格执行保密工作的各项规定。

1. 保密包和工作证

设计部十六室的学术秘书带着我们十几个大学生去见李敞廉主任，十六室是环境试验室。李主任要我们在工作中认真虚心向老同志学习、做到又红又专。李敞廉主任是两航起义的一位资深技术干部，当时已是技术三级，第一印象中是一位精神干练、平易近人的师长。

我和赵叙林、林秉才、陈同成四人被分配到十六室二组，组长是任行祥，原是西安交通大学热工系的一名讲师，因为做事严谨，大家叫他“老古董”。十六室二组负责武器研制的气候试验，包含高温、低温、潮热、低气压、风沙、淋雨、霉菌等环境试验工作，二组的办公室在一〇五大楼的一层。隔壁是十六室四组，负责运输试验。

报到后的第一件事是到设计部保密室去领取保密包和办理相关手续。每个大学生领取一个蓝色小帆布的保密包，包里有一个文件登记本、一个大工作手册、一个小工作手册、一本科研总结报告专用纸、一本科研计算草稿纸、一本科研计算正稿纸，所有的本、纸都是编号、编页的（0~100 页）。检查相符后，要签字办理交接手续。

每个人在保密室都有自己的编号，我的编号是“设-349”，领取一个铝制的保密包领取牌（圆形的，0349号），一个有机玻璃的长条形的印章[设 349]。

程序是每天上班前到设计部保密室凭牌领取你的保密包，注意事项是要仔细检查包侧面的橡皮泥上印章是否清晰，拉锁是否被拉开过，以防有人动过你的包；中午下班时，自己检查包内存放的物品与登记本上一致后，拉上拉锁，用橡皮泥把拉锁头上的密封绳固封，盖上你的[设 349]印章，送回保密室，换回圆形的保密牌。下午上班、晚上下班，都要重复这些程序规定。

在办公室里，每个人还都有一个长方形的小铁皮保密柜，那是用来临时存放资料的，但是规定带密级的资料和保密包是不能在这种保密柜中过夜的。

每周末下班前，每组的保密员会监督提示你个人检查后送回保密室。每月要由保密员和你一起逐项、逐页检查是否符合保密规定。当你的工作手册用完时，可以申请一个新的工作手册，登记好保密室的编号和你自己的序号01、02、03……。按规定，科研工作中的所有事项，包括会议记录都要记在本中；非因工作需要，工作手册不准随便带出、不准私自转借他人传阅。工作手册每册100页，如有错写改动不能自行撕毁。编写试验设想方案、试验大纲、实施细则、总结报告、科研计算报告等都要用专用稿纸，专用稿纸的最后一页是本册稿纸的使用登记表，哪一页用在什么文件上要逐页填清，废纸要等月末保密检查时监毁。

就是说，你从事的一切工作都要符合规定，一辈子做到不少一本、不缺一页。做到保密工作九分九不行、非十分不可。

我一直珍藏着三个工作证。

第一个工作证是1965年11月3日的最早的工作证，褐色的塑料皮中间一个五角星。证件号是“厂证乙字第10442”，职务是实习生。持证人像片上盖的钢印是“国营综合机械厂保卫部”。国营综合机械厂是掩护名称，内部名称是西北核武器研制基地、第二机械工业部第九研究设计院。

第二个工作证是1970年的，深褐色的塑料皮，印有“中国人民解放军兰字八三九部队”字样，中间一个“八一”军徽。内部名称九〇三厂，是1970年至1973年划归国防科委时的证件。

第三个工作证是1989年的工作证，红色的塑料封皮，中间一个五角星，证件号是“00114535”，职务是高级工程师，印章是“国营二二一厂”。不同时期的工作证，都有一颗五角星，应该可以解读为五星红旗迎风飘扬的一颗星。

国营综合机械厂、国营二二一厂、兰字八三九部队工作证

根据保密工作需要，这里与科研生产有关的人和事、建筑物和厂区工号等都使用代号、暗语或掩护名称。

翻开第一个工作证，里面有着许多代号和信息。

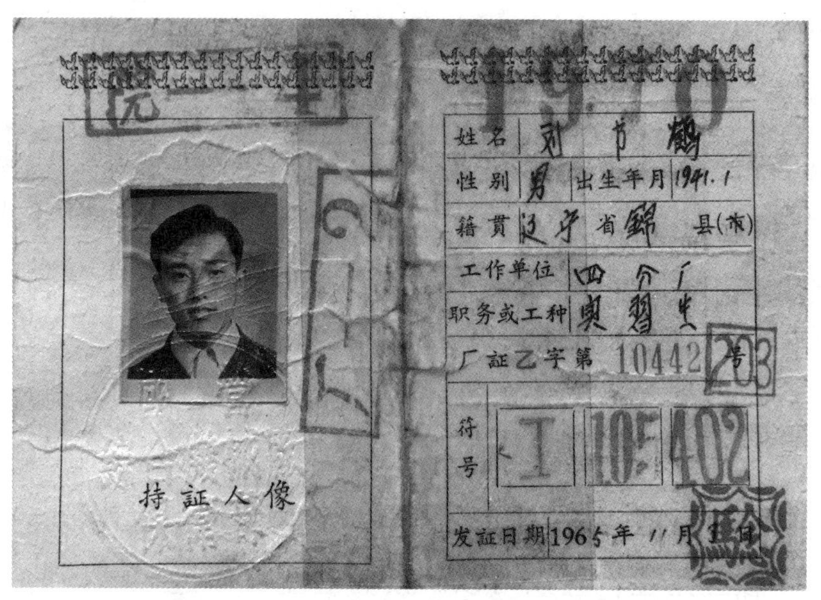

国营综合机械厂工作证

“105”是一〇五大楼的代码号，这里一半是设计部办公的地方，一半是第一生产部办公的地方。五层楼下还有一个地下室，安装有小型试验设备和机床等。就是说所有的建筑物都是有号码的，例如42#楼、65#楼等。

“402”是四厂区四〇二试验室的代号，是做气候环境试验的地方，是二组的工作场地。“406”、“407”、“411”、“411A”、“412”等都是试验室的代号。

203是第二生产部总装车间的代号，包括“207 工号”和“215 工号”，101、302、403等都是车间的代号。

院-4、厂-2、“1970”、“验”是工作证的验证记号。院-4表示曾是九院四所的人、厂-2表示曾属二分厂代管过等。

证件上没有代码印章的地方是不能进出的，如果工作需要则需到厂保卫部办理相应的临时出入证，特殊任务时还要按批准的名单进入，“全”字是最高级别的证件。

“原子弹”“氢弹”是最忌讳的名词，从不轻易说出，在这里都统称为“产品”，每个产品都有不同的型号代号，例如第一颗原子弹的型号代号是“596”。那是因为研制原子弹属于国家的最高机密，需要有一个代号。1963 年 5 月，刘杰、李觉、吴际霖、朱光亚都不约而同地想到了“596”这个数字。1959 年 6 月 20 日是苏联背信弃义停止援助，拒绝按原定协议向我国提供原子弹的教学模型和图纸资料的日期，赫鲁晓夫还说：“没有我们的援助，中国二十年也研制不出原子弹。”选“596”这个日期作代号，就是要自力更生、奋发图强，打破美苏核垄断，我们自己造出原子弹来。中国第一颗空投核航弹的型号代码是“2923”、第一颗空爆试验的氢弹的型号代码是“639”等。

其实，研制试验也是有代号的，01、12、22、23、34、61、62、65 等都是大型试验代号。根据不同的试件状态和考核目的使用不同的试验代号。

中国第一颗原子弹试验时，前后方联络也有代号、密码、暗语。正式爆炸的原子弹，密语为“老邱”；原子弹装配，密语为“穿衣”；原子弹在装配间，密语为“住下房”；原子弹在塔上密封间，密语为“住上房”；原子弹插接雷管，密语为“梳辫子”；气象密语为“血压”；原子弹起爆时间，密语为“零时”。所以后来就有了“一位美丽的维吾尔族姑娘，名叫‘邱小姐’（原子弹），已经坐到‘梳妆台’（铁塔）前，正在‘梳辫子’（插雷管）呢，很快就要出嫁了”的美丽传说。

科学家们也有隐姓埋名使用假名代替的。1961 年，科学家王淦昌到二机部从事核武器研究，改名王京，真名在社会上销声匿迹，直到 1978 年 6 月被国务院任命为第二机械工业部副部长时，人们才从新闻报道中看到王淦昌的名字。

在基地里从事研制工作的人，长期使用着代号、密码、暗语和掩护名称，已经习惯、约定俗成，既达到了保密的要求，又便于互相通报情况和沟通。

2. 三点一线

设计部十六室二组 16 个人，除了一名中专生、两名实验员之外，全部都是近几年毕业的大学生。毕业于不同的学校、不同的专业，机械制造、航空发动机、无线电测量、电真空等都有，就是说一个教热工学、传热学的讲师，领着一群年轻的学生们去完成一个新课题、去闯一个新领域。

当年分到设计部的大学生有百余人，不管你是哪个学校、学什么专业的，分到各室组时没有一个人说“我没学过”的话。办法只有一个，向老同志请教和读书学习。任组长布置给我和赵叙林的学习任务是先学“热工学”“传热学”，同时学会 36m^{3}高低温试验室的设备操作和维修。

每天是宿舍—设计部食堂——〇五办公楼，三点一线的生活。宿舍里还是七八个人一个屋，和劳动锻炼时不同的是同室的还有几位早几年毕业的师兄，其实就是个睡觉的地方。

1965 年 9 月份转正后我的工资是：基本工资 75 元，加上 31%的地区补贴、事业费等合计是 126. 75 元（北京的同学们是 56 元）。同宿舍的七个人都是一个级别、一样的工资，设计部财务科发工资时每人一个牛皮纸信封，领到工资后连同信封往床上一扔就都去上班了。宿舍门从来不锁，一把公用钥匙挂在门顶的横梁上，上班后整个楼空无一人，整个生活区静悄悄见不到人影。

设计部食堂就是后来的红星饭店，一日三餐好像比二生部的品种丰盛些，其实也就是吃完饭就走人。除了正常的卖饭窗口外还有一个小炒部，想改善一下生活就炒个自己喜欢的炒菜，有红烧黄花鱼、小腊肠、酱猪肘等，价格很便宜，一条黄花鱼一块钱，还能用保健费。韩祖庥家庭条件好些，常去吃小炒。

办公室的门后就是保密守则。大家都在学习，有人在看资料、有人在看书，除了小组会上谁都不会问你在看什么。看着、学着才感到原来学校的知识不够用了，有许多工作需要又没学过的专业书要认真地去学习。感谢哈工大五年给我们打下了较扎实的基础课根基，很快读懂了一门新的专业书，一个新的专业入门了，也会有成就感，再去图书馆借阅下一本书。

经常会感到学习时间不够用，那就“加班”学吧。晚饭后宿舍到一〇五大楼的路上，你会看到三三两两的年轻人急匆匆地走过，一〇五大楼一侧许多办公室的灯光陆续点亮。通常要看书“加班”到夜里十点左右，办公室的灯灭了，路上又是说说笑笑的人群、精力十足的人群。天气好时，明亮的夜空，会选择走小路，头顶上月亮热情地俯视着你，前边的人唱着“在那遥远的地方，有位好姑娘……”，中间的人唱着“深夜花园里四处静悄悄，只有风儿在轻轻地唱，月色多美好，心儿多爽朗，在这迷人的晚上。”后边的人会接着唱“我愿做一只小羊，跟在她身旁，我愿她拿着细细的皮鞭，不断地打在我身上。”刮风下雪的黑夜，大家会不约而同地走大路，需要多走十分钟，大家齐声合唱“学习雷锋好榜样，忠于革命忠于党，爱憎分明不忘本，立场坚定斗志强。”“社会主义好，社会主义好”的歌声在风雪中回响。有时有人会用俄语起头唱，几乎每个人都能大声随和，别忘了我们这批年轻人是学了14

年俄语的。偶尔会有几声女声独唱、二重唱，开始男生们静静地欣赏，很快就变成了大合唱："正当梨花开遍了天涯，歌声飘着柔曼的轻纱，喀秋莎站在峻峭的岸上……姑娘唱着美妙的歌声……"下坡、上坡，穿马路、过消防队后，今日晚会结束，年轻的朋友们，再见！

三点一线的生活，读书增长了知识，学习积累着能量。歌声中充满了欢乐，歌声中充满了期望，年轻的人们伴着歌声成长。

3. "邱小姐"丰满又漂亮

1964 年 11 月 2 日，周恩来总理在中南海西华厅听取张爱萍和刘西尧关于第一颗原子弹试验情况的汇报后，明确指示说："中央有个打算，1965 年，要试验核航弹；1966 年，原子弹和导弹要结合试验；1967 年，要搞氢弹试验。"这就是周总理关于我国核武器研制的"三级跳"设想，还说要做到"一次试验，全面收效"。

从客观上讲，第一颗原子弹还不能称为"核武器"，因为那是在塔上爆炸的核装置。要使原子弹真正成为进攻性的战略核武器，就必须要使用特殊的运载工具，如飞机、导弹、潜艇等，把它投到预定的目标上去。

1965 年 12 月，十六室二组全体都在进行"DF-2 头部整体电加温试验”和“DF-2头部整体热传导试验”任务的各项准备工作，四个科研新兵，什么都是第一次的新鲜事。

工作手册中抄录的第一份资料是DF-2头部示意图，测量传感器布局安装示意图。尽管只是个示意图，但是也能看清产品的轮廓、层次和相关尺寸，至今记忆犹新。根据试验工作需要，阅读学习的书籍是“炸药与火药”“核物理”等相关专业书，完全陌生的新专业。

每天乘班车到四厂区四〇二试验室去做三件事。一是进行36m³高低温试验室的操作演练，以达到试验实施方案中的温度控制曲线要求，控制精度±2℃。二是自制温度测量传感器，任组长亲自手把手教学示范。要把一根0.2毫米直径的漆包铜丝穿到内径只有1毫米的塑料套管中去，每根长度是4米，中间不能打折、打折就报废重来。看着别人穿好像很容易，自己一上手就知道其实不简单，真的很难完成，因为一不留神就会打折，所以每次只能穿1厘米左右，别急！穿长一点就会打折，刚开始时还好穿，到2米长以后就更费劲了，前几天有时一天就合格一支。这是一件细活，特别单调还要特别有耐心才行。三是熟悉远测系统和测试仪器，能熟练操作、准确判读和记录。后来才知道这也是组长的一片良苦用心，他要我们每个人都能适应试验的各个工作岗位，达到一专多能、做随时可以顶岗换岗的全面手。

庞然大物。正式试验的前一天上午，一辆产品运输车开到四〇二试验室的装配大厅。吊车工赵师傅用试验室中的5/15吨防爆吊车把一个军绿色的锥状物体吊起，水平状态放置到小平板车的托架上。第一次见到导弹核弹头这么大的个头，有些惊呆，对于以前只见过手榴弹和炮弹的人，核弹头真的是庞然大物，尽管在示意图中知道相关尺寸数据，但眼前的弹头实在太大了。

党小组长邵道明和任行祥迅速地把静电接地线连接到弹头壳体后密封盖的螺钉上（双岗制）。

DF-2弹头壳体是七机部一院研制的，玻璃钢表面不太光滑，但新出厂的弹头在光照下仍然闪着绿宝石的光芒。二机部、七机部都是保密单位，对于产品互相都是保密的，各自产品的重量、重心、连接方式和位置等都是在专门会议上制定，互相间很少技术交流，给两弹结合增加了不少难度。还是张爱萍将军出面组织了几个协调小组，协调小组规定凡是参与两弹结合的科技人员，可以无所不谈，可以互通有无，才使“罗嗦君”（指导弹）和“娇小姐”（指原子弹）结婚生子——核导弹。

七机部十四所的郑思禄和林技术员是负责电加温系统设备和操作的各项工作的。“DF-2头部整体电加温试验”是第一次对七机部的头部电加温系统的试验考核，也是对核弹头的低温性能考核；“热传导试验”是要摸清产品内部各层部件的热传递规律，以供改进设计参考。$36m^3$高低温试验室提供了符合技术要求的模拟低温条件，试件是水平状态的；由于36m^{3}试验室的空间高度不能满足起竖状态的要求，弹头垂直状态的试验是在四〇二试验室的测试间平房门前进行的。由于技术水平和测试精度的制约，试验时是全员投入、人海战术，测试间里两排试验桌上摆满了多套测试仪器和转换箱，每人一摊，每 20 分钟一次测试记录，试验在紧张又有序中重复着。我们与七机部十四所的技术人员各负其责、分工协作、顺畅愉快，1966 年 3 月共同圆满完成了这次两弹结合的头部整体地面考核任务，给出了明确的试验结论，为 DF-2 两弹结合的飞行试验提供了试验数据。

在原子弹、导弹两弹结合飞行试验前，周总理提出了“严肃认真、周到细致、稳妥可靠、万无一失”的十六字方针，成为我国尖端武器研制试验工作的座右铭，十六字方针制作成标语牌，在重要的车间、工号、试验室等场合悬挂，时时刻刻在监督着、指导着我们的研制试验工作。

与此同时，DF-2 头部在导弹飞行环境条件下的其他地面模拟和飞行试验，如爆轰出中子试验、公路运输试验、引爆控制系统的全射程飞行试验和飞行状态的“冷试验”等都在按计划程序展开。按照周总理“七机部要保证不掉下来，二机部研究万一掉下来保证不会爆炸”的指示，二机部九院成功地研制了自毁装置，进行两弹结合的自毁试验，这一切都是在为确保在本土上进行的两弹结合的全射程、全当量飞行试验的安全可靠做准备工作。

1966 年 10 月 27 日，中国进行的第四次核试验——导弹核武器试验圆满成功。东风二号导弹从酒泉首区发射经过 9 分 14 秒的飞行，飞行距离 894 公里，精确命中靶区罗布泊孔雀河的目标，爆高 594 米。这一切都是在中国本土上完成的，世界罕见。10 月 27 日晚 8 时，新华社发表新闻公报：“1966 年 10 月 27 日，中国在本国的国土上，成功地进行了导弹核武器的试验，导弹飞行正常，核弹头在它的预定距离，精确地命中目标，实现了核爆炸。”中国自行研制的中近程导弹和核弹头顺利地通过了实际飞行试验考核，有了可用于实战的核导弹。就是说中国有了弹又有了枪。

东风二号导弹

1966 年 12 月至 1967 年 3 月，我们又与七机部十四所的技术人员共同完成了“DF-2A 头部空气调温试验”（定型项目）和“DF-2A 头部热传导试验”，这一次我参加了试验弹头传感器的安装和弹头总装全过程，第一次真正近距离地看到了原子弹，“邱小姐”真的丰满又漂亮。试验结果表明，空气调温系统比电加温系统的温度均匀性好。定型后的 DF-2A 弹头生产交付部队服役，形成了战斗力。

如今，东风二号导弹早已退役，在北京中国人民革命军事博物馆、青海原子城纪念馆还能看到它威武雄伟的身姿。

4. 初识王淦昌院长

1965 年 1 月，毛主席提出："原子弹要有，氢弹也要快。""两弹"结合试验成功后，研制氢弹的任务提上了议事日程。

众所周知，原子弹是利用原子核的自持裂变反应瞬间释放出巨大能量的武器，是通过光辐射、热辐射、冲击波、早期核辐射、放射性尘埃污染、电磁脉冲产生杀伤作用的武器。氢弹则是利用原子弹爆炸的能量点燃氘、氚等轻材料的自持聚变反应，能在瞬间产生更大能量的武器。从毁伤机理和效应上讲，两者差别不大。但是氢弹的威力比原子弹大成百上千倍，通常，原子弹的威力只有几千到几万吨梯恩梯当量，而氢弹的威力可以达到百万到几千万吨梯恩梯当量，苏联就曾研制了一千万吨当量的氢弹。

早在 1960 年 12 月，当进行第一颗原子弹攻关时，二机部就在钱三强的领导下，成立了以黄祖洽、于敏为正副组长的“轻核理论组”，秘密地开始了热核材料性能和机理的研究。1965 年 1 月，“轻核理论组”调入九院理论部，打响了氢弹理论研究的攻关战。为了实现氢弹重量一吨、威力一百万吨梯恩梯当量的目标努力探索着。在几个月的探索中，研究了突破氢弹的两条可能的途径。其中一条途径是加强型的氢弹模型，但是理论计算表明，并不理想，重量太重、体积太大、燃耗太低，不能满足实战需要。于是决定先进行几次含有热核材料的空爆试验，为氢弹提供热核反应的实测数据。到 1967 年又突破了氢弹研制中的关键技术，探索出另一种新的设计途径，这就是用原子弹作“扳机”引爆“被扳机”的两级氢弹原理设想方案和结构设计方案。

“596L”型核航弹是含有热核材料的加强型原子弹，是氢弹研制中的一个途径。1966 年 3 月，“596L”内×组合件振动试验正在四厂区的“411”工号内进行，我的任务是用电测法监测 500 公斤机械振动台的轴温，以保证试验和设备的安全。这是我第一次见到原子弹的内×，通过专用夹具和吊具悬挂在振动台上的试验件。“411”工号外加设了岗哨警卫，人员进出是凭临时工作证和名单进入的。第一次单独执行任务，第一次接触到核部件，心中还是有点不安。试验加载快结束时，工号的小门打开，走进几位年长的人，一位圆脸带着眼镜的 50 多岁的长者走近试验台，详细地询问试验的有关情况，临走时还嘱咐一定要注意安全防护工作。老同志们告诉我这是王副院长，他们都亲切地叫他王老师。他是一位德高望重、成就卓著的核物理学家，1959 年在苏联杜布纳联合原子核研究所领导一个研究小组，在世界上首次发现了反西格玛负超子，是轰动世界的事件。

王淦昌，化名王京。1929 年毕业于清华大学物理系，1933 年在德国柏林大学获物理学博士学位，曾与后来的诺贝尔奖得主梅特纳共过事。时任九院副院长兼实验部主任以及九局科学技术委员会下设四个技术委员会中的冷试验委员会的主任委员，副主任委员是陈能宽，委员有邓稼先、钱晋、周光召、李嘉尧、何文钊。其他的三个委员会是：产品设计委员会，主任委员吴际霖，副主任委员龙文光，委员肖逢霖、苏耀光、疏松桂、周毓麟、古才伟；场外试验委员会，主任委员郭永怀，副主任委员程开甲，委员陈学增、赵世诚、张宏钧、秦元勋、俞大光；中子点火委员会，主任委员彭桓武，副主任委员朱光亚，委员何泽慧、胡仁宇、赖祖武、黄祖洽、陈宏毅。

分到实验部的哈尔滨工业大学的校友告诉我，王院长平易近人，特别关心年轻人的学习成长，是位慈祥的受人爱戴的学者，一位让人崇拜的长者，他们都尊称叫王老，有时也叫“王老头”。

1966 年 5 月 9 日，中国成功进行了第三次核试验

（596L），是由轰-六甲飞机空投的含有热核材料的核航弹，试验的圆满成功为氢弹设计提供了热核聚变的实测数据。

5. 灵感的故事

听设计部的老同志讲两个关于灵感的故事。

说是第一颗原子弹“草原大会战”时，有一天设计部十六室和十七室正在篮球场上进行一场友谊比赛，由于高原缺氧，队员场上更换频繁，到后半场快结束时，两个队的比分十分接近，谁能再投进一个球就能险胜，观众们呼喊加油，队员们奔跑加速。突然，十七室的大孙停下脚步，双手捧着篮球左看右看，翻过来再看，就是不投篮。观众们喊“快投三分球”，队友们叫“快传给我投”，结果是被裁判员吹了三秒，比赛结果是十七室输了这场比赛。人们都在埋怨他，他什么也不顾，顺手又拿起一个篮球仔细地看着，小声说，“这不就是一个球形的结构模型吗？”原来他是结构设计组的设计员，这几天正在讨论着几种球形结构的设计方案……后来，2#部件和元件的设计中被部分采用。

又说，设计部食堂里，小张吃完饭正在水池边洗碗，洗着洗着拿起搪瓷盆不放翻过来掉过去地看，全然不顾水龙头还在流着水，后边的人说别浪费水，快把水关上，他还在低头看……小张是一名内×设计员，原设计的内×的支撑件是钢×支撑的，大家都觉得不太理想，需要改进和提高，组里正在讨论着几种支撑设计方案……经过两种不同支撑的试验，在后来型号的设计中就采用了锥×支撑结构，既增加了钢性强度和稳定性，又便于装配操作。

生活中，敏锐的观察力、奇妙的想象力，可能就是创造力的源泉，让我们热爱生活吧。

6. 小平总书记视察

三月的金银滩，春寒料峭。

1966 年 3 月 30 日，时任中共中央总书记的邓小平同志在到兰州铀浓缩厂、酒泉原子能联合企业视察后，又风尘仆仆地来到西北核武器研制基地。据说，蔡畅和邓颖超大姐留在了兰州。

下午三时整，一辆辆小轿车在总厂办公楼的东头转弯处缓缓停下，小平总书记从一辆苏制黑色吉姆车上走下。站在三千二百多米海拔的金银滩上，邓小平放眼瞭望茫茫的大草原和远处起伏的群山，显得十分兴奋，对身边随行人员和领导同志说：“原来以为核基地建在山沟里，没想到在这辽阔美丽的草原上。”还说：“这里与当年长征时我们走过的毛儿盖草原差不多嘛！”

在薄一波副总理、西北局第一书记刘澜涛、国防工办主任赵尔陆、青海省委第一书记杨植霖、青海省省长王昭等陪同下，与前来迎接的第二机械工业部副部长刘西尧（专程从北京赶来）、九院院长李觉、八一二二部队司令员贾乾瑞、副院长兼二二一厂厂长吴际霖、副院长王志刚与陈能宽、院政治部主任刘志宽等一一握手。

邓小平指着李觉，对薄一波和刘澜涛说：“我记得这个地方还是他选定的。”李觉汇报说：“是小平同志亲自批准建在这里的。”小平同志微微一笑风趣地说：“这么说，建这个基地我也作了一点贡献啊！”又对薄一波说：“你可能不知道吧，李觉曾在你手下工作过，还是我派去的。”李觉急忙说：“当时我参军不久，在基层，一波同志在太原。”邓小平又说：“李觉还是有点办法，从你的老乡（指阎锡山）那里拉了一支队伍，上了太行山。”

基地职工、解放军指战员、少先队员和家属列队在马路两旁喜气洋洋拍手迎接小平同志一行的到来。身着黑色呢子大衣、神采奕奕的小平同志面带笑容，向欢迎的人群挥手致意，迎来一阵阵热烈的掌声。穿过激情的人群，小平同志来到电影院前的广场，接见了学习毛主席著作积极分子、荆立喜等六名厂级劳动模范、驻军五好战士等代表。一千二百多人合影留念。

随后小平总书记一行驱车来到一厂区一〇五大楼后边

的模型厅参观，听取了刘西尧、李觉同志关于基地贯彻毛主席、周总理加强氢弹研制工作的汇报。小平总书记听了基地氢弹研制的最新进展情况后非常满意，高度评价了我国科学家们发扬民主、群策群力、脚踏实地、实事求是的精神，还接见了王淦昌等科学家，一再勉励他们继续为发展我国核工业和研制核武器作出新贡献。

当听到搞氢弹还有一定风险时，他鼓励说："你们大胆地干，成功了是你们的，出了问题失败了，我们负责。"这给在现场的领导和科学家们以极大的鼓舞。在模型厅，总书记仔细地观看了产品模型，认真地听取讲解后，还欣然挥笔题词：

"高举毛泽东思想伟大红旗，遵照毛主席指引的方向奋勇前进——别人已经做到的事，我们要做到，别人没有做到的事，我们也一定要做到。"

题词充分表达了小平总书记高瞻远瞩、敢为人先的豪情和对我国核武器事业发展的殷切期望。

总书记的题词对正在进行氢弹攻关的科学家、工程技术人员和二二一厂的广大职工，是个巨大的鼓舞和鞭策，群策群力、不断进取、努力创新，设计部、实验部和生产部门紧密配合、协同攻关，决心赶在法国人的前面爆炸我国的第一颗氢弹。

离开模型厅，总书记迈着稳健的步伐来到第一生产部一〇二车间听取关于热核材料及其涂层的汇报；乘车到第二生产部二一五总装车间（当时是设计部管辖）观看了5XX型核弹头；还到实验部七厂区的七〇一工号临界安全试验大厅，仔细认真地观看了实验装置。

小平总书记非常关心基地的建设和科研生产的正常运转情况，他伸出食指对李觉说："不管发生什么事情，你们要抓紧生产不放手，这是根本一条。要保证各个环节的正常运转。"李觉十分熟悉总书记的这个动作。因为小平总书记讲话的特点就是：简洁、明快、要言不烦、切中要害，没有让人眼花缭乱的手势。但在关键时刻、特别强调一个问题时，他会举起右手，中指、无名指和小指微微弯曲，大拇指压住中指，伸出食指，对着你仿佛在问："你明白了吗？"作为刘邓大军的一名参谋，李觉太熟悉邓政委的这个动作了。

参观结束后，小平总书记兴奋地说："看到这些产品很高兴。"五时许，总书记在职工的热烈欢送中离开了基地。

小平总书记的视察充分体现了党中央、国务院和总书记本人对基地建设和核武器研制工作的亲切关怀和高度重视，为核工业战线和基地广大职工突破氢弹技术注入了巨大的动力。

是的，在场的领导和科学家记住了，全体基地员工记住了，"要保证正常运转！"努力工作、不断创新，为中国的第一颗氢弹早爆早响再作贡献。

总书记视察的那一天，你在哪里？我在夹道欢迎、热烈鼓掌的人群里。

第四章　腥风血雨“运动员”

人们常说，我们这一代人是生在旧社会，长在红旗下的一代人。记忆中有许多历史事件，又经历了太多政治运动的磨难。

1. 记忆中的核

1945 年 8 月 5 日 9 时 15 分，美国人用 B-29 型轰炸机在日本广岛投下了一颗名叫“小男孩”的原子弹；8 月 9 日 2 时 40 分（日本时间），美国人在日本长崎又投下第二颗名叫“胖子”的原子弹。8 月 15 日，日本天皇宣布无条件投降，中国人民抗日战争暨世界人民反法西斯战争取得了伟大的胜利。这就是我们这些当时四五岁的孩子们记忆中的事。

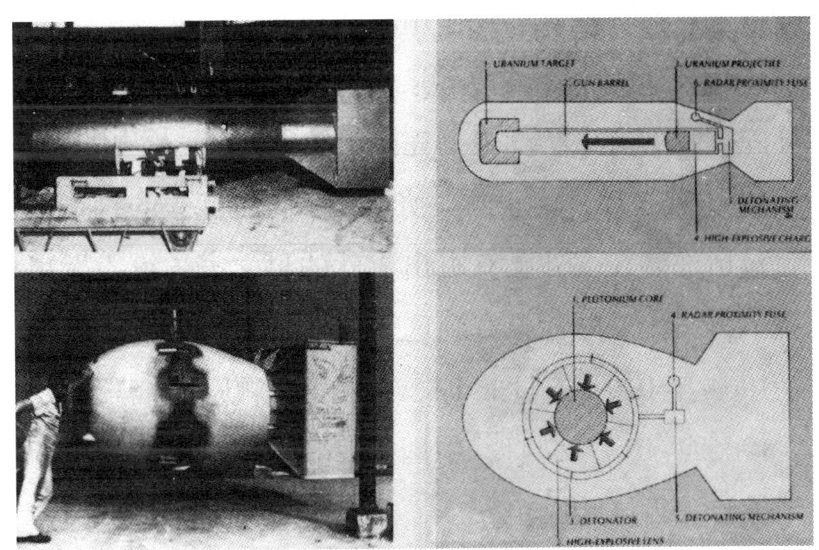

广岛的“小男孩”和长崎的“胖子”

1948 年 9 月，锦州解放，辽沈战役胜利，我上小学一年级。

1949 年 10 月 1 日，中华人民共和国成立。毛主席在北京天安门城楼上向全世界庄严宣布，我们的民族将再也不是一个被人欺侮的民族了，我们已经站起来了！

但是，西方列强们不愿意看到一个强大的中国在东方崛起。1950 年美国等发动了侵朝战争，中国人民志愿军渡过鸭绿江“抗美援朝、保家卫国”。周总理说：“你们知道，朝鲜战争以来，美国一直在对中国搞赤裸裸的核讹诈。美军入侵朝鲜的总司令麦克阿瑟，叫嚣把原子弹投到中国空军基地和其他敏感地点，并且要沿鸭绿江设置一条放射性核辐射带。美国参谋长联席会议还就可能使用原子弹的数量、目标地区以及使用时间和方式提出了建议。”

1958年元月，毛主席说：“搞一点原子弹、氢弹、洲际导弹，我看有十年功夫是完全可能的。”

1959年6月，苏联撕毁协议。一大批优秀的科技工作者，包括许多在国外已有杰出成就的科学家，纷纷聚集在党旗下，义无反顾地投身到这一神圣而伟大的事业中来。

1964年10月16日15时，中国第一颗原子弹爆炸成功。

1966年10月27日，中国第一颗装有核弹头的中近程地地导弹飞行试验成功。

1967年6月17日，中国第一颗氢弹空爆试验成功。

但是正当人们突破氢弹技术时，已是山雨欲来风满楼，一场史无前例的巨大的政治风暴已经临近。对于我们这一代曾经经历了“三反”“五反”“反右派”“大跃进”“大炼钢铁”“大办人民公社”“反右倾”等运动和三年自然灾害的一代人，真的没有思想准备，没能理解邓总书记视察的讲话中“不管发生什么事情，你们要抓紧生产不放手，这是根本的一条。要保证各个环节正常运转。”的深刻含义。

2. 牛鬼蛇神都在墙上

1966年4月，“清政治、清经济、清组织、清思想”

的社会主义教育运动还在二二一厂进行着，刘西尧副部长是四清分团的团长兼党委书记。设计部和十六室的领导干部们还在“洗澡下楼”中，就是在部分职工代表中对自己的政治、经济、组织和思想问题进行对照检查。那时我们这些刚到设计部报到的学生们很少有机会参加，听老同志们讲，有的部、室干部几次也下不来楼，还要在楼上重洗“热水澡”“冷水澡”，被大家“搓搓背”才能下楼。

1966 年 5 月 16 日，在邓小平总书记经兰州回到北京后的第 45 天，中共中央政治局扩大会议通过了《无产阶级文化大革命的决定》，即《五・一六通知》。

史无前例的“文化大革命”开始了。6 月 11 日，草原上贴出了第一张大字报。一夜之间，一〇五办公大楼的中厅、设计部食堂的墙上、宿舍楼的楼道里，到处都贴满了大字报。有用报纸的，有用整张白纸的，大字报铺天盖地。有人指着大字报说：“看！牛鬼蛇神都在墙上啦！”

第一批在大字报上被点名揭发批判的人是厂、部、室的领导和技术干部，他们大多数都是解放前的大学生，家庭出身不好，有的又是解放前参加工作的解放后“留用人员”，有的是前国民党的技术军官，就是死不悔改的“历史反革命”。几天后又一批大字报上就是“叛徒”“特务”“走资本主义道路的当权派”“资产阶级反动学术权威”，后来的大字报上什么“地主阶级的孝子贤孙”“反动资产阶级的继承人”“现行反革命”“三反分子”等等都会出现。

本来按着中央“文化大革命”的政策规定，从事尖端科学的国防工业部门是不准搞“大鸣、大放、大辩论、大字报”，不能停止生产的，但是，事态已经完全失控，停工停产闹革命成了最普遍的现象。

对于在老专家、老同志指导下，还在坚持着搞科研和试验的人，有人也会被贴大字报点名，说你是“白专道路”的典型，好像不搞科研试验去“闹革命”的才是又红又专。

唉！在“红色风暴”的冲击下，连国家机关、部机关都不能“正常运转”，这里还能“正常运转”吗？

1966 年 8 月，草原上成立了两大派群众组织。一派叫“草原红色造反总部”，简称“草红总”；一派叫“革命群众联合”，简称“革联”。很有意思的是，在设计部、实验部是“草红总”人多势力强；而在第一、二、三生产部里是“革联”人多势力大。当然，还有一批人不参加任何一派。

3. 龙头牛尾巴——“三光”

吴际霖和郭英会是李觉将军的两位得力助手，副局长、副院长，吴际霖还兼着二二一厂的党委书记和厂长。

早在李觉到任之前，两位副局长就已经到位了。

吴际霖，四川人，毕业于华西大学化学专业，曾在山西国民党部队当过军官，为前线的将士讲解防化常识。1940 年，一个风雪交加的夜晚，他在王实秋的帮助下，带着机密资料，逃离国民党部队，经西安八路军办事处介绍转赴延安，在陕北公学自然科学研究室任教员，并从事军工生产，进行弹药实验工作，成为共产党的第一批军工专家。解放后任山东铝厂厂长时，受到不应有的磨难和挫折。是当时负责重工业的陈云同志把他调到冶金部任冶金设计总院的副院长，1955 年调到国务院三办原子能小组。吴际霖三次到苏联参加谈判，九局成立前任二机部计划局副局长。郭英会，广东人，最早也曾在阎锡山那里干过，是从山西民族革命大学出来的，到部队当了团政委，曾任周总理的军事秘书，在九局负责干部和思想政治工作。

“四清”运动时，吴际霖就曾因为家庭出身等问题受到批判。“文化大革命”期间他是二二一厂的主要负责人，“红色风暴”一来，第一个被打倒、被批斗、被夺权的人就是他。总厂办公楼附近的建筑物上，写着“打倒吴际霖!”的大幅标语。在那突出政治的年代，为了突破原子弹技术，他在一次干部会上提出“一切为‘596’让路，响了就是最大的政治”的口号，要把思想政治工作落实到科研生产中去，进一步调动科研人员的积极性。没想到的是，这个口号成了他的主要罪过，在总厂、设计部、实验部的大字报中点名批判他的“响了就是最大的政治”的口号，说是公开以科研生产压革命，是混入革命队伍的“走资本主义道路的当权派”。批判斗争的大会上，有人给他戴高帽子、挂牌子，批斗后回到办公室，脑袋上的浆糊还没来得及清洗，就又去隔壁参加科研生产工作会议。后来有人把他赶出办公室，把他轰到一个单身宿舍里，他说：“你们要批我、就批我，要揪我、就揪我，过后我照样在单身宿舍办公。”那时的二二一厂是吴际霖一直在支撑着基地的日常工作，叫他交权他就是不交，于是又是一场批斗，批斗会后照样处理科研生产工作，因为这时正是氢弹突破的关键期。

吴际霖是产品设计委员会的主任，还兼着总工程师的职责，设计部是他的主管部门之一。设计部的大字报上批的是“龙头牛尾巴——三光”路线，是吴际霖的“资产阶级反动学术权威”把持的设计部。

“三光”之一说的是设计部主任龙文光，他也是产品设计委员会的副主任；另外“二光”俞大光、黄国光是设计部的副主任；设计部党委书记牛广增是一位部队的转业干部。说在设计部是“龙头”说了算，推行的是“三光”的科研路线，又一批批大字报贴在设计部办公楼和食堂的墙上。在总厂批斗吴际霖的时候，设计部批斗龙文光、俞大光和黄国光，戴高帽，胸前挂着“反动学术权威”“美蒋特务”“历史反革命”等的牌子。

龙文光是1960年年初，中央从全国各地各部门选调来的包括程开甲、陈能宽等105名高级科学研究和工程技术人员中的一位，很早就参加了原子弹的研究工作，和郭永怀副院长一同指导研制人员，配合爆轰试验进行了不同装置的结构设计，并根据不同的理论设想方案和爆轰试验的特殊要求，结合武器化的需要，开展原子弹装置的结构设计。

俞大光本是哈尔滨工业大学的教务长、副教授、电工理论专家，他编写的《电工基础》一书（上、中、下三册）一直是全国高等院校的基础教材，我们在哈工大学习时也是学的俞大光的《电工基础》。李觉将军派人去学校调他，学校不放，他是学校的教学骨干教师嘛！李觉自己跑到教育部要求支持，哈工大没办法才同意放人。在九院，他先是场外试验委员会的委员，在设计部负责引爆控制系统的研制工作，运动中批斗他是“社会关系复杂”“立场有问题”，因为他的哥哥俞大维是国民党的国防部长、蒋介石的亲信，还在台湾。

黄国光是1962年10月中央专委批准再次增调教授张兴钤、方正知等高、中级工程技术人员和科学研究人员，以及高、中级技术工人参加原子弹的研制工作中的一位工程师。是国内为数不多的火工专家，擅长制造炮弹，曾是国民党军队中的（技术）少校，是留用人员。九院需要火工专家，李觉将军把他从黑龙江调来。国民党的少校，按当时的政策界限，属于“军、警、宪、特”一类人员，是“历史反革命”。

此时，他们是一边挨批斗一边还在指导着一大批年轻的技术人员的研究设计工作，陪同王淦昌、朱光亚、陈能宽、张兴钤等科学家们深入车间和实验室指导热核材料及其涂层的技术攻关。龙文光还在指挥设计部的年轻技术干部进行新型氢弹的“扳机”“被扳机”的工程结构设计和力学理论计算，俞大光和黄国光还在设计生产一线坚守着。

在那阶级斗争、“极左思潮”的年代，这样的设计部还不是“龙头牛尾巴——三光”说了算的资产阶级反动学术权威掌权的设计部吗！

4. “原子弹要有，氢弹也要快”

氢弹的研制，在理论上和制造上要比原子弹复杂得多，实现核聚变爆炸，需要1000万度以上的高温。如果说，我国原子弹理论设计还有一点点苏联专家的影子的话，那么氢弹技术则是在没有任何外援的情况下，完全由中国人自己完成的。

此时“文化大革命”的冲击波还没有那么大，厂部领导和科学家们是一边被批斗，一边抓科研生产。除了少数群众组织的头头已“闹革命”去了，多数技术干部和工人还都坚守在工作岗位上。

1966年10月，设计部十六室二组在四厂区四〇二工号进行了“‘596’中央球、元件包装箱（内装6××产品）保温试验”，这是一批供氢弹原理性核试验用的改装箱，以争取时间应急需，试验结果证明可行。

1966年12月28日，中国进行了第五次核试验，氢弹装置在百米高的“596”试验备用铁塔上成功爆炸，试验取得了关键的测试数据，与理论估算值相符。《新闻公报》中说：“继导弹核武器试验成功之后，又圆满地实现了这次新的核爆炸，从而把我国核武器的科学技术提高到一个新的水平。”

聂荣臻元帅在马兰基地主持了首次的氢弹原理试验。试验结束后，聂帅说：“这次试验是成功的，试验结果表明，新的原理方案切实可行，而且非常简便。”新的氢弹原理试验的成功，表明突破氢弹的技术途径正确，结构设计方案合理。至此，氢弹研制中的关键技术已经解决，我国已经完全掌握了氢弹的原理技术，为研制体积小、重量轻、比威力大的氢弹弹头奠定了基础。

为了给空投氢弹提供合格的弹仓环境条件，我们组的两名技术人员参与了轰六飞机的改装和测温工作，改装后称为轰六甲型机。

1967年2月23日，青海省省会西宁市发生了大规模武斗，二二一厂西宁技校的少数学生卷入了这场武斗，加剧了两派群众组织的对立情绪，直接影响了氢弹的研制生产进程。中央军委副主席聂荣臻元帅派专机到西宁把有关厂领导和两派群众组织的代表接到北京开会。3 月 4 日，周总理、聂副总理在中南海接见了两派群众组织的代表，当场宣布，国务院、中央军委决定对二二一厂实行军事管制。8122 部队司令员贾乾瑞同志为二二一厂军事管制小组组长。周总理在讲话中语重心长地指出，革命群众组织之间对某些问题有不同的意见争论，这是不可避免的，是正常的，这是人民内部矛盾，一定要采取“团结、批评、团结”的方式，做好团结工作，实现革命大联合。总理希望厂内广大群众、革命干部，在军管小组的领导下，坚决贯彻“抓革命、促生产”的方针，搞好本厂的“文化大革命”运动和当前十分重要的研究设计任务与试验任务，以及其他各项工作。

二二一厂实行军管后，两派群众组织的对立情绪有所缓和，逐步恢复了正常的科研生产秩序，大多数职工积极地投入到氢弹的研制试验任务中。理论部的科研人员昼夜加班、突击研究、计算分析，完成了氢弹的理论设计方案；设计部的技术人员抓紧进行工程结构设计，由于时间紧、任务重，采取了边设计、边加工、边实验的办法开展工作，争取了时间，缩短了工期。在四厂区，我们十六室、十七室的技术人员也在同时进行着多项地面模拟试验工作。

5月29日，毛主席批准二二一厂暂停“四大”后，二二一全体员工更是争分夺秒、埋头奋战。6月5日全部完成了试验用氢弹的研制任务后，试验弹头运往核试验基地。

聂荣臻副总理受周总理委托，负责主持试验的组织实施任务。承担投弹任务的是空军的徐克江机组和张文德机组，经过35架次模拟训练弹头的投弹训练，弹着点精度已能投在距靶心五百米之内。空军决定徐克江机组为正式执行任务的机组，张文德机组为预备机组。1967年6月17日上午7时，空军徐克江机组驾驶726#轰六甲从马兰机场带弹起飞，靶场上空领航员孙福长在第二次进入时瞄准后按下了自动投弹按钮，中国的第一颗氢弹从高速飞行的轰六甲机弹仓中抛出。它使劲地拽着降落伞，摇晃着飞在碧蓝的天空中，一个白色的圆柱体越来越远、越来越小……瞬间，一声惊天动地的轰响，人们看到的是比原子弹爆炸的蘑菇云更加壮观美丽的伞状烟云，慢慢地上升、迅速地扩大，逐渐由红色变成了白色。这时，天空中高悬着的一个天然的太阳旁，又出现了一个灿烂耀眼的人造太阳。在距爆心400多公里处都能听到连续不断的爆炸声，在爆点以西250公里处还能看到闪光的火球和清晰壮观的蘑菇云，爆点420公里处还能看到火球、门窗震动，可见氢弹爆炸的光辐射和冲击波的巨大威力。

轰六甲型轰炸机

中国的第一颗氢弹空爆成功，“零时”为8时19分，爆高2960米，当量330万吨。赶在法国之前，我国成为第四个掌握氢弹技术的国家。

新华社发表《新闻公报》，《人民日报》印发公报全文的红字“号外”时，加导语：

> “毛泽东主席早在1958年6月就指出：搞一点原子弹、氢弹，我看有十年功夫完全可能。”“我们向全国人民和全世界人民庄严宣布，毛主席的这一英明预言和伟大号召已经实现了，在两年八个月的时间内进行五次核试验之后，今天，1967年6月17日，中国第一颗氢弹在中国西部地区上空爆炸成功了。”“这次氢弹试验的成功是中国核武器发展的又一个飞跃，标志着我国核武器发展进入了一个崭新的阶段。”

美国人从 1945 年 7 月 16 日 5 时 30 分在阿拉莫戈多爆炸了第一颗原子弹，到 1952 年 10 月 31 日在埃尼威托克珊瑚岛上爆炸第一颗氢弹原理装置用了七年零四个月的时间；苏联人从 1949 年 8 月 29 日爆炸第一颗原子弹，到 1953 年 8 月 20 日爆炸第一颗可运载的氢弹用了四年时间；英国人用了四年零七个月；法国人用了八年零八个月，而我们中国只用了两年零八个月的时间，这引起了全世界的巨大反响，公认中国已经进入世界核技术的先进行列。

美国第一颗原子弹

苏联第一颗原子弹

世界上的许多人不相信仅仅靠中国人自己的力量能够制造出原子弹和氢弹，有着各种猜测。“文革”后期，诺贝尔奖获得者、著名物理学家杨振宁博士回国探亲时，受到毛主席、周总理的亲切接见。他离京回美前夕，向他的老同学邓稼先提问，按保密规定，邓当时不便回答，经请示总理同意邓写了一封信派专人送到上海机场的杨振宁手中，信中写着周总理的原话：“中国制造的原子弹、氢弹，没有一个外国人参加，完全是靠中国人自己的力量，靠中国自己的科学家独立完成的。”机场上杨振宁看信后非常激动，禁不住热泪盈眶。两年后他还感慨万千地对他的老同学说：“稼先，我真的为你高兴，为我们的祖国高兴。”

其实，美国 1952 年 10 月 31 日爆炸的第一个氢弹原理装置“迈克”，重 65 吨、有三层楼高。苏联 1953 年 8 月 12 日爆炸的第一颗氢弹虽然能用图-95 重型轰炸机空投，但爆炸当量只有 40 万吨梯恩梯。而我国的这次空爆的氢弹，成功地实现了体积小、比威力（单位重量的爆炸威力）高、聚变比（聚变反应的能量在整个核反应中的份额）较高的 300 万吨级的氢弹，可谓奇迹，这个奇迹是在度过了三年困难时期，又发生了史无前例的“文化大革命”的动乱年代取得的，更加艰巨、更加可贵、更加难得。

与美国、苏联和其他发达资本主义国家相比，我国的核武器事业起步晚、起点低、条件差、经费又少，加上国外的技术封锁，真的很难，而待遇之微薄，“搞原子弹的，不如卖茶叶蛋的”，是我们当时情况的真实写照。但是，我们有毛主席的决策，党中央、国务院的领导，有全党、全军、全国各族人民的大力支持，核工业战线的广大职工、科技工作者和老科学家们的共同努力、自力更生、奋发图强、无私奉献，在短短的十年时间里，迈进了世界先进行列，取得了震惊世界的辉煌成就，将永远载入共和国的史册。

当晚，我填词“浪淘沙”一首，以表祝贺。

浪淘沙（二）

第一颗氢弹，
威力无边，
戈壁雷鸣震宇环。
举国欢腾红旗展，
东风更坚。

奋战二三年，
群策攻关，
草原儿女铸利剑。
保卫和平强国防，
再作奉献。

赞中国第一颗氢弹空爆成功
刘书鹤词作于 1967 年 6 月 17 日夜

5. 棒子队行凶

第一颗氢弹产品刚刚启运出厂，群众组织的小头头们暗流涌动，策划着一场暴风骤雨，那些“没事干”的人又去“闹革命”去了。可以感到草原上的气氛又一阵阵紧张，两派的对立情绪再起。

1967 年 6 月，“某型内球组合件温度试验”在四〇二试验室的 36m^{3}高低温试验室内进行着，这是两种不同支撑结构的对比试验，以为后续型号的改进提高提供试验依据。当时的二二一厂已是停产闹革命的动乱状态，正常的科研生产和生活秩序已经中断，班车也不开了。我们几个做试验的人在警卫连吃饭，在值班室倒班休息，已经好久没有回总厂生活区了。6 月 23 日上午，一辆伏尔加牌小轿车开到工号，是王淦昌和王志刚两位副院长来检查询问有关试验情况，要求我们安全第一，还带来了成箱的猪肉和水果罐头。其实院长们已经靠边站、被批斗，还想着四厂的试验，还来看望我们几个做试验的人，真的非常感动。临走时王院长说：“你们留下人值班做试验，回去两个洗洗澡、换换衣服吧。”车开到总厂俱乐部附近王老下车时，有人举着不锈钢棍来打王老，我下意识地用右手挡了一下，回到 28#楼宿舍时，四厂工人陈××和刘××也提着钢棍

(就是楼门上的把手）把我逼到一楼把头的房间里“审问”，让我交待陪着院长们坐小车干什么去了？是不是“革联”的人？我说我哪派也没参加是在四〇二做试验。ZXX 是我们组的人，也坐在这间宿舍靠窗户的床上，他明明知道我们几个人在四厂做试验，还说：“告诉师傅们，你是不是替‘革联’来刺探情报的？”陈××听了突然一棍子打来，我又下意识地用右手挡了一下，以保护头部。结果一棍子打到右膝部，瞬间右手、右腿鲜血直流……

还是好人多，我被好心的人架着送到职工医院外科，还好是外科陈长贵主任值班接诊，经检查确认是右腿髌骨粉碎性外伤型骨折，右手撕裂、无名指根部骨折。这时，设计部军管小组组长王国平（正师级，现役军人）闻讯赶到医院外科，要求陈主任紧急救护、立即手术。救死扶伤是医生的天职，无影灯下，外科陈秋宜副主任主刀，陈长贵主任在手术台前指导，用手术刀、小锉刀修整髌骨、清创、连筋腱、缝合、打石膏。因为是半麻状态，通过手术台上空的无影灯全都可以看得清楚，右膝关节部缝了十三针，右手中指与无名指间缝了四针。麻药过后，右手、右腿疼痛难忍，无法入睡，真是一场天降之祸、血腥之灾。

住在职工医院二楼的外科病房里，从第二天开始几乎没断过人，像走马灯一样，有军代表、有朋友、有师长。有人告诉我说，那一天棒子队在俱乐部门前打伤了十多个厂、部、室干部，设计部政治部主任戴玉珉也是被打伤了髌骨，他就没有人救治（后来听说最终膝关节僵直落下终身残疾）。我是被打伤住院的还在做试验的一个普通技术员。一派的人说："他们把你打成这样，快参加我们组织吧！"一派说："打错了，你参加我们一派吧！"有朋友、有师长的忠告，装睡、假装着昏睡不醒，我什么也没有听到。

没过几天，发现情况有些不妙，只有军管会的军代表来看我，许多住在病房里的人出院了，晚上"草红总"的棒子队一趟一趟地到医院"巡查"，就是说医院已被他们占领了，预示着一场更大的风暴就要降临。

7 月 17 日和 8 月 4 日两派在总厂办公楼和三分厂发生了大规模武斗事件，"棒子队"和"独立师"短兵相接，一死多伤。军管小组在从三分厂到总厂的公路上（警卫团团部附近的上坡路上）划定了"军事分界线"，并派警卫团战士站岗隔离，以阻止武斗事件再次发生。

此时，总厂区、职工医院都是"草红总"的领地了，住在医院里不时感受到威胁，在军管会军人的帮助下，在女朋友的陪同下乘火车回内地养伤。

火车上人很多，卧铺车上也挤满了人。早请示、晚汇报、广播着毛主席语录，每到大站停车，全体旅客下车，在革命歌曲中，跳忠字舞，谁要不积极就是对领袖的不忠。车上的列车员看到我拄着拐杖，还算照顾，没有逼着我下车跳舞。其实我的右腿已经肿到大腿根部，连走路都很困难。

回到天津，第一件事是遵照医嘱到天津市反帝医院去看病，那时的反帝医院（现在的骨科医院）是在92路无轨电车的终点站，离劝业场很近。非常幸运的是遇到了一位近六十岁的老医生，打开石膏、细心地抚摸伤口检查、询问病情，好热情、好慈祥的一位长者，检查结果是医术不错、手术成功、关节内积水也不多。然后，老医生叫我站起来试着自己蹲下去，这是受伤后的第一次下蹲，根本蹲不下去，关节处疼痛难忍，真的想喊爹叫娘。他按着我的双肩往下蹲，嘴里还说："现在开始必须做功能训练，否则你的右腿就会落下残疾，会变成瘸子，就搞不到对象了！"我心中想，还好已经有女朋友了。临走时给开了一些止痛的西药还有几包消肿清洗用的中草药。此后，蹲下去站起来、站起来再蹲下去，就是我每天的体育课，经常去医院复诊开药……几个月后，可以不拄拐杖走路了，再去医院复查，老医生又做了全面检查，叫我蹲下起来、走几步看看、踢右腿、弯曲后摆……这时我已经能后摆弯曲近90°，能碰到臀部，只是走路还有一点踮脚。老医生笑着说："恢复得不错，你这种外伤能恢复到这种水平，在医学上算是最好水平了，大概在医学统计中不到3%，至于踮脚吗，慢慢地适应也会逐渐好些，要坚持锻炼！"谢谢！谢谢医生们的救死扶伤。到现在，如果我不说，大概没有人会看出我的右腿髌骨关节受过这么重的伤害，只是到阴天、冬天还是会有些不适应、不舒服。

在那个年代，女孩把一个男朋友带回天津养伤，是要有点勇气的，是要承受不少社会压力的。可敬可亲的天津一家人，能接纳我这个受伤的外乡人，姐姐、哥哥、妹妹、弟弟的悉心照料……谢谢！一年后，我们结婚了，成了这个大家庭中的一员。

结婚，那时是非常简单的事。天津一家人坐在一起，东北一家人坐在一起各家吃上一顿团圆饭；回到厂里，给师傅们、朋友们发上几斤喜糖，把双人铁床拆开平放在一起，把两个人的行李一搬；别忘了戴上毛主席纪念章去照一张结婚照。那时，我唯一受到的特殊照顾是设计部行政科给我分了17#楼的一间12平方米的楼房，可能是设计部的人都知道我去年被打伤住院吧，要知道同期结婚的同龄人结婚时还都住在半地下的窝棚里。

恶有恶报、善有善报。运动后期，四所的朋友告诉我，那个打人凶手陈××已经交代不清自己一共打了多少干部群众，变成了神经病，每天自己到所办公楼前去请罪；我们组那个造反闹革命、夺室领导权的人，说不清为什么折磨迫害老领导，上吊自杀了；还有那个打我时坐在旁边，明知我们在做着试验的ZXX，也打报告调离四所回内地了。

这已经是近五十年前的事了，至今记忆犹新。有人说，当时如果不是用右手挡了一下，不是坐在双层铁床下，钢棍被上床箍挡了一下，就可能打到头部……想想都是后怕，还算命大。

6. “二赵”迫害施威

草原上从来就不平静，军管会的军人换了一批又一批，又调来一批“二代表”（指转业军工）做运动骨干。1968 年 1 月被国防科委接管，9 月成立了以王荣（南京军区的将军）为主任的九院革命委员会，王国平是设计部革委会主任。两派群众组织的联合指挥部是面和心不合，少数头头们试图钻进各级革命委员会掌权。人们在早请示、晚汇报、天天读、跳忠字舞表忠心、触及灵魂的狂热政治气氛中生活着。

有人被揪出来批斗，夫妻划清界限、表明立场、一夜成仇人；有人为完成“检举任务”，把老同学、好朋友、直系亲属揭发；更可怕的是有人因为曾在工作中有过分歧意见，而借机检举揭发同事，可谓“官报私仇者”；人生是个大舞台，各种各样、形形色色的人在登台表演着。

还不时会发生“现行反革命事件”。有人在领呼口号时，因为紧张而漏掉一个关键字，是反动言论；有人在打扫卫生时，不小心碰了领袖的石膏像，成了罪人；有人在表忠心刻“忠”字时，没注意把垫在下面报纸上的领袖照片划了一下，成了刺客。上纲上线，被贴大字报点名者有之，被揪出来批斗、批判请罪者有之……

1969 年是腥风血雨、草原上最恐怖的一年。“二赵”(指赵登程、赵启民）受林彪死党黄永胜指派进入二二一厂后，把 1969 年 11 月 4 日自备电厂一号电缆线发生短路爆炸，11 月 14 日二分厂的炸药部件发生爆炸，11 月 20 日实验部七厂区“核心机密资料丢失”事件定为所谓的“三大案件”，说是国内外阶级敌人蓄意已久策划的“反革命”破坏，借机在草原上进行一场大规模的“清队破案”运动，宣称“二二一是资产阶级的大染缸，是地、富、反、坏、右的安乐窝，是美蒋、苏修特务集中的地方”，这里的“阶级敌人是一堆一堆、一串一串的”。“二赵”给调来的军队干部和转业军工灌输的是“二二一人都是反革命分子”，“清队破案”要“网大眼小、一个也跑不了”。他们全部接管了厂、部、车间、班组，停止职工探亲休假，写信要经过军代表审查通过才能寄出，不准家属来厂探亲，已经来厂的就地扣留、不许出厂。这期间有多少对年轻的恋人因失去联系而告吹。

在那白色恐怖的年月，“二赵”还对全厂进行了三次“保密大检查”，翻箱倒柜、每家都被翻个底朝天。英文、俄文书被搜走了，后来就成了美蒋苏修特务的证据；连着号码的拾元人民币被收走了，成了特务分子的活动经费；中国古典四大名著《红楼梦》《西游记》《三国演义》《水浒传》被收走了，这是封资修的罪证，真的是制造了许多莫须有的罪名、冤假错案。

“二赵”破案是“一人供听、二人供信、三人供定”，还天天办学习班检举揭发别人，更荒唐的是，有的单位军代表还规定每人一定要交几份检举材料。于是草原上捕风捉影、人人自危，昨天你还是骨干分子批斗别人，今天就变成被批斗的人；今天你还在批判别人的罪行，明天你又被揪出来低头认罪、交代问题。刑讯逼供下，二分厂X车间的X副主任被迫交代偷了两枚原子弹，军代表和二代表们还就相信，问他是怎么弄出车间的，他说是用绳子拴着、一前一后两个弹，披着大衣背出来的，还派人、派车在二分厂周边草地上去找去挖。嗨！真是可笑，原子弹能做到和手榴弹一样大小体积、重量，可谓现在也是世界冠军。

全厂80%以上的科室车间领导干部，90%以上的高中级科技人员被迫害、被审查，留苏的是苏修特务、留美的是美蒋特务。一批批人被关押审讯，“要犯”被押在警卫团，“骨干”分子和科室干部被关在筒子楼的一楼，还有限制出入楼自由的人要随时接受审问和交代问题。

十六室的李主任和十七室的王主任就被禁闭在一楼，“二代表”们每天轮番批斗、审问，还要两位主任饭前背诵“老三篇”（《为人民服务》《愚公移山》和《纪念白求恩》）的一篇全文，不许漏掉一个字，否则不许吃饭。一天一天、一遍一遍地审问李主任是否是美蒋特务？说是“二航”的人有的去了美国、有的去了台湾、有的留在香港，你为什么回来？是不是被指派潜伏的特务分子？一个两航起义的功臣，一个“历史清楚”的爱国者被不公正地审查着。

据统计，“二赵”时期二二一厂有四千多人受到迫害和审查，三百多人致伤致残，四十多人难以忍受逼供折磨，含恨自尽。王志刚副院长、火工专家钱晋教授被活活折磨致死。更恐怖的是，“二赵”有生杀大权，可以“先斩后奏”“边斩边奏”。有五人被扣上莫须有的罪名惨遭公开枪杀。杀人时要开万人宣判大会，全厂空巷、运动场周边战士们持枪上膛站岗巡逻，图书馆、办公楼等楼顶上架设着机枪，宣判后还要全体向后转，看到冤杀的血腥，听到枪声、炮声，其中就有给我做手术的外科陈主任被冤杀，可怜的陈主任。直到 1971 年 9 月 13 日，林彪叛逃，摔死在蒙古国的温都尔汗，死党黄、吴、李、邱和“二赵”被审判，才为被害者们平反昭雪。1975 年中央复查最后确定“三大案件”是三大事故，并非政治破坏，而是设备、责任、技术安全事故。

在那白色恐怖、人妖颠倒的两年里，多数二二一人坚持着热爱祖国的信念，坚守着强国强军的科研生产工作，在逆境中完成着试验任务，1970 年 10 月 14 日成功地进行了第十一次核试验；1971 年 10 月 18 日第十二次核试验圆满成功，为该核弹头“边试验、边定型、定型合格后，再小批生产”（周总理指示），提供了定型试验数据。

原谅那些在运动中随大流、被蒙蔽而有过火言行的人；不能饶恕少数造反起家、不学无术、野心十足夺权的人；记恨个别的打人凶手、官报私仇的小人。

第五章　战略搬迁送战友

1969年3月，发生了震惊世界的珍宝岛事件，中国和苏联两个社会主义国家第一次发生了武装冲突。10月，时任总参谋长的黄永胜，下达了所谓林副主席的“第一号令”，全军进入紧急战备状态。并且以中央军委名义，下令将青海核武器研制基地迁到尚在建设中的四川三线基地。脑海中浮现着搬迁前后的那些事。

1. 建设模拟实验室

为了适应武器研制试验任务的需要，郭永怀副院长十分关注模拟实验室的建设。早在四〇二工号建设之初，就在工号内预留了要建设大型气候模拟试验的场地。正在建设中的是 160m^{3}高低温试验室，郭副院长要求试验室的容积（长、宽、高尺寸），最高、最低试验温度的能力，风速等都能满足后续核导弹弹头型号的需求，这样就可以不受季节、时间限制在室内完成研制定型等试验任务。工号内还预留有一块空地是准备建造潮热、雨淋试验的。

1968 年夏天，赵子敬、赵叙林、朱渝云和我四人到上海出差调研。带着三个任务，一是为 160m^{3}试验室选定可供有线远地监视的工业电视机和对讲设备；二是为当年要安排进行的某型弹头野外低温试验选择可供途中和现场使用的测温仪器仪表；三是为新的小型化的核航弹空投试验载机强五飞机选择小型化的舱内测温仪器。在上海，参观了热工仪器仪表展览会，到上海热工仪表研究所和上海交通大学调研。说实话，那时中国的工业技术水平不高，可供选择的余地很小。全国只有上海一家生产工业电视机（还是黑白的），要实现超百米外的同轴电缆传输还需再做试验调整参数，马马虎虎能满足监视冷冻机高、低压机组压力表的指示（不是很清晰），检测实验室整体影像和电动大门的开启程度还算清晰，没有办法，就用它了。场外试验用的测温仪表选用了仿苏的 ЭПП-09 型电子电位差计，强五飞机弹仓测温选定了上海热工仪表研究所刚刚研制的小型多点铂电阻测温仪。

回厂后，我参加了低温试验的各项准备工作，工作手册中第一次记载了东风×号导弹核弹头的示意图，参与了在总装车间试总装、布设传感器等工作。因为是国内第一次到野外做试验，记得为了试验安全，有的部件使用了热容模拟代用材料制作……试验队出发的前三天，突然接到“革委会”的换人通知，由我们组的L技术员接替我参加试验队。运动期间，不敢问，也没有人告诉你为什么？那就在厂里接着参加160m³试验室的安装调试工作吧！

1968年12月2日下午，郭副院长来到四〇二工号检查工作。他是一位又干又瘦的高个子长者，戴着一顶“鸭舌帽”，穿着一件呢子大衣，非常详细地查验着基建进度、设备安装、电缆布设等情况。话不多，要求我们抓紧安装调试工作，以便早日用在弹头的研制定型试验中。从他那张严肃的脸上和藏在眼睛后面的深沉的眼神中可以感受到坚定的信心。让人不可预料的是，12月5日，郭副院长在指导第一次热核弹头试验准备工作之后，从青海返回北京时，乘兰州到北京的夜航飞机失事，不幸殉职遇难。他是第一位为我国核武器研制试验而献出宝贵生命的科学家，一位可敬的长者。

1968年12月27日，我国第八次核试验空投爆炸成功。就是后来定型、批生产、交付部队服役的东风×号核弹头，让我们以此来告慰郭永怀副院长吧！

2. 只此一家

1969年是“文化大革命”最动荡的一年。设计部的科研生产任务在动荡中艰难地进行着，上半年我们组就投入到东风×号核弹头的场外高温试验准备工作中。其实，“闹革命”的继续“闹革命”，干活的还是我们几个人，在任行祥组长的带领下，一项一项、一件一件地完成着试件、测试仪器、传感器的出厂前准备工作，奔走于一〇五大楼、二一五车间和四〇二试验室之间忙碌着。试验队出厂时，名单里又没有我的份，还是没人告诉我，这时心中有一种莫名其妙的伤感，好像被人戏耍欺骗着。需要你时要你参加准备工作，试验队出厂时又不需要你了，要你留下来继续当“运动员”。如果不是为了试验我早就陪爱人回天津生孩子去了，7月29日，我们的长子在天津出生时我也没能陪在身边，请假回津探亲时孩子已经快满月了。由于青海高原缺氧，气候恶劣，不适于小孩的成长发育，把出生刚81天的儿子留在天津姥姥家抚养，姥姥说：“你们把孩子留在这么远的地方，就起名叫留（刘）远吧”，至今都有一种愧疚感，对不起孩子们。

回厂几天后，就接到了搬迁四川三线的通知。设计部发了几块红松木板，做了两个包装箱。人员集中管理，设计部的人集中到28#、29#、30#等楼做搬家准备，我家搬到30#楼二楼东侧的一间房里，设计部“革委会”主任王国平住在西侧，一楼全是“牛棚”，关押着还在被审查的人，楼门口已有警卫团的战士把守着。工作证上被加盖[院—四]的印章，就是说你是九院四所的人。人心惶惶，碰面时都是一脸的严肃，没什么话说，好朋友间也只是互相点点头，用眼神传递着信息，好像说：“你还好吧？”

有一天，军代表对我说：组织上决定你留在二二一厂不去四川了。当时是一头雾水、有种失落感在心中。军代表又说：你留下来可能还要完成某型号任务。好朋友小声说：“打你的凶手和帮凶们都到四川去，离他们远点更好”。心中又有一丝丝宽慰。

设计部是第一批要搬迁的人，这几天一直都在装车。11月13日早晨，设计部十六室的人员已经登上了一厂区附近的火车，我一个人骑着一辆永久牌的自行车去路旁送“战友”们。记得那天天气非常不好，阴天气温很低。当列车启动后，我不知不觉中骑着自行车追赶着，这一段是下坡火车很快，自行车根本追不上火车，但还是盯着远方的火车骑行着，这一段公路也是下坡，一直追到三分厂附近的铁路编组站时才赶上。当我推车来到站台上时，火车已经远去，越来越小，在视线中消失。可能车上的人没人知道还有一个人在骑自行车送行吧！回来时手冻僵了、脸冻红了、两个耳朵很疼很疼……

二二一厂铁路编组站

那天晚上，28#、29#楼一片黑暗，只有30#楼二楼我们一家的灯亮着，这才知道留下的只此一家，警卫也撤了，其他人都搬走了，启蒙指导过我工作的李敁廉主任走了，带着我做试验的任行祥组长走了，党小组长邵道明走了，好朋友赵叙林、韩祖庥等人也走了，熟悉的人们都走了，久久无法入睡，心中一片孤独、一种暗淡、不知是祸是福。后来知道，他们搬迁到四川后还是搞运动，继续做运动员。直到现在，每当听到“驼铃”歌曲中“送战友，踏征程，默默无语两眼泪……”时，还是心情很不平静。

3. 十八勇士

1969年是中苏关系最紧张的一年，搬与不搬是个有争议的大事，当时的军委领导人认为：青海基地是苏联援建选点的项目之一，苏联人清楚地知道基地的地理位置、准确的经纬度和海拔高度等详情，一旦中苏打起来，一发导弹基地就全完了；二机部已被实行军事管理，军管会的军人要坚决执行军委命令，作为二机部主要负责人之一李觉副部长认为这一命令不能执行，其他几位在位的副部长和“靠边站”的刘杰部长都认为不能搬迁，如果搬迁，后果严重。理由是：四川三线还在建设中，没有形成科研生产能力，搬迁在 10~15 年内我国将不能生产核武器，极大地影响了武器化、批生产和装备部队的需要，搬迁过程中还可能造成严重的核污染，后果不堪设想。不搬，这在当时是要被扣上对抗军委命令的严重罪行的。二机部的报告经粟裕大将向周总理上报。

在西花厅，粟裕、黄永胜、吴法宪等人都在总理那里，总理让李觉将军详细地汇报了基地的情况，并陈述了不能立即搬迁的理由。

周总理听完汇报后，没有像平时那样，先请大家发表意见，自己最后作结论，而是先讲话说：“从当前战备形势看，青海基地要抓生产，坚决贯彻林副主席一号命令，生产更多更好的核武器，装备部队，准备打仗。不但要装备二炮，而且还要给空军配备一定数量的核武器，加强空军的作战能力。同时要抓紧三线建设，搞好新基地，待时机成熟，再搬迁。”

黄、吴二人只好表示同意。后来李觉将军曾满怀崇敬地说：“在这关系到国家安危和我国核武器生死存亡的关键时刻，敬爱的周总理用他非凡的智慧和胆略以及他的人格魅力，排除林彪一伙的干扰，挽救了核工业。”

当时，中央军委关于搬迁的命令已经下达，设计部、试验部的大部分人员已经迁往四川，为了完成周总理“生产更多更好的核武器，装备部队，准备打仗”的指示，又陆续从四川调回少量的原设计部、实验部的技术人员回到二二一厂，组成了某型号工作队，设计部调回的号称“一百单八将”，九院四所说我们是“十八勇士”，这十八勇士是：黄祖荫、程敏玖、孙耀华、谢新琼、李毅、蒋海桂、杨德明、张庭芳、许凤斌、郑自和、郑仲科、董国根、朱伟义、戎善樑、盛荣华、胡国栋、段春贵和我。是的，称其为“十八勇士”的人全都是技术干部，几乎是每个人一个专业；单打再创业，十八个人将承担起研制、定型试验、批生产中的相关试验任务。

人是可以逼的，在一定的条件下潜力是可以最大释放的。

4. 实验队、总体室

型号工作队是个分散着的队伍。二二一厂专门成立了实验队，人员由原设计部调回的总体设计、环境试验和原实验部的爆轰试验等专业人员组成。实验队队长牟敦廉是一位抗日战争时期的女干部，还配备了一名军人周代表做指导员，负责政治思想工作。原设计部的二一五车间已划归第二生产部二〇三车间管辖，有段时间我们也被二〇三车间代管，叫二〇三车间三排，我们十八个人是三排二班，班长黄祖荫，住房也被调到二生部的39#楼一层，陈家圣就住在我家对面。调回的原设计部地装设计人员由第三生产部管理，引控系统的设计人员由第一生产部管理。

正值工人阶级领导一切的年代，需选调工人师傅进入实验队“掺沙子”，二〇三车间派出王华武师傅、电厂派出马业甫师傅到二班参加试验工作。王华武是个沉默寡言、操作技术水平很高的人，在第一颗原子弹试验现场装配时，他负责核心部件的装配工作，在正式装配之前做了多次操作练习，正式装配时做到了一次成功，受到表扬，是试验现场的功臣

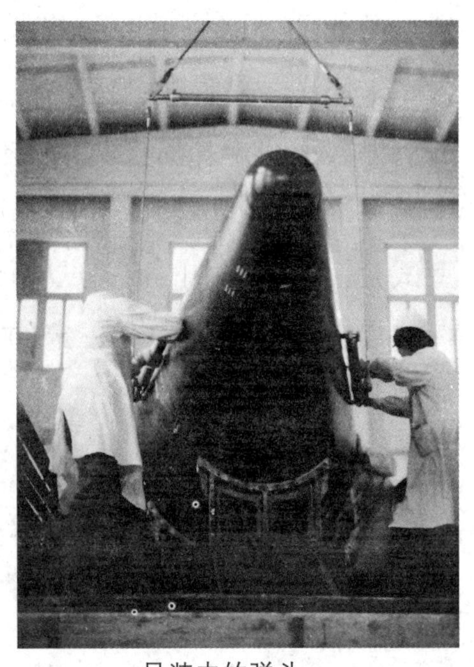

吊装中的弹头

之一。到二班前就听到了关于他的传奇故事：王师傅原来是从辽宁清原五机部火工品制造厂调来二机部的，分到装配车间参加原子弹核心部件的装配工作后，总是感到这里的部件装配精度要求极高，是以毫、微米公差要求的，为了提高自己的装配能力，他曾花了几百元买了一台手风琴（那时相当于近一年的工资了），不是学拉手风琴用的，而是觉得手风琴零部件多，音质音准要求装备精密，他就把手风琴拆成零件，再重新组装起来，再拆再装……一遍一遍地练着装配手法。有这样的师傅"掺沙子"进来参加环境试验工作，言传身教，从他身上可以学到很多可贵的钻研精神和实战操作技能。

1970 年至 1974 年间，型号工作队承担着弹头研制定型、工艺试验等任务。实验队还参与完成了四次国家核试验任务。直至撤销实验队，成立总体室，总体室由五个研究室组成，陈家圣任主任，黄祖萌任副主任。

但是，科学试验不会是一帆风顺的。记得，进行武器小型化研制爆轰试验时，曾发生所谓的"三炮不出中子"事件，这本是一个纯技术性的问题，在当时被上纲上线，全厂开批斗大会，王淦昌、邓稼先、陈能宽、于敏、胡思得等人都被批斗，挂着"资产阶级反动学术权威"的牌子，人们喊着激进的口号，要他们低头认罪。这是我第二次见到王老，老人家已经苍老了许多。王老平时的群众关系非常好，在实验部是开不成批斗他的会的。实验部的一位年轻人上台给王老送了一个小凳子、回去后还被造反派们说是阶级立场有问题，是典型的“保皇派”“保守派”，也要被批判。其实在科学实验进程中就允许有挫折和失败，靠乱批乱斗是解决不了问题的。后来进行了专题研究，当时叫学习班，王淦昌、邓稼先、于敏、胡思得等都参加了，重新核对计算核心部件材料的质量、炸药参数和元件同步对出中子的影响、测量中子探头的布设方位等问题，再次实验时实现了爆轰出中子的技术指标，武器小型化的国家实验也都取得了圆满成功。

邓稼先夫人许鹿希说：1971 年杨振宁首次回国时，第一个要见的就是邓稼先。那时“四人帮”有个计划，要把搞核武器的人打掉。很多忠实可靠，功劳很大的人都被打成了特务。当时有个口号“会英文的就是美国特务，会俄文的就是苏联特务”，可见迫害之烈。他们把邓稼先调到青海的“221”基地去，组织了一批对科学什么都不了解的士兵和工人去斗他，理由是有三次预备性小实验没有达到预期的效果，其实，那只是因为仪器放歪而未测到中子。就在这危急的时刻，杨振宁要见他。周总理命令把邓稼先召回北京，于是那边的事情就走漏出来了，于敏、陈能宽、胡思得等一批人也就得救了。是杨振宁与邓稼先的会见无意中救了中国的一大批人。

现在想起那时发生的事儿还是有些后怕。你看连那些知名的科学家们都会因为一件武器小型化爆轰试验中的一个纯技术性的问题，而被批被斗，我们这“十八勇士”的年轻技术人员，如果在实验中出点事，那可是罪过难逃。所以，那时我们在外出做试验、在厂内做模拟试验时，会互相提醒、充分论证，十分小心、万分注意，特别是确保试验安全。还好，“十八勇士”的命运不错，遵照周总理“严肃认真、周到细致、稳妥可靠、万无一失”的教导，多年来的试验工作没有出过事。

第六章　“九·一三”在酒泉

1971 年 8 月至 10 月在酒泉基地执行×××型弹头的轰六甲载机弹舱温度、振动、冲击等环境参数的测试任务，完成了训练弹的投弹训练任务。9 月 13 日，林彪私乘飞机叛党叛国，摔死在蒙古国的温都尔汗。

1. 第九作业队

第九作业队是第九研究设计院在马兰和酒泉基地完成国家试验任务时工作队的代号。这次有所不同的是工作队的人员基本上是由二二一厂实验队的人组成，因为 1969 年 11 月院厂分家，第九研究设计院搬迁至四川省绵阳市，第十六次国家试验前的产品，都是在二二一厂完成的。

1970 年九院划归国防科委管理，军事接管后九院对外是总字八一九部队，二二一厂是兰字八三九部队。

1971 年 8 月 26 日第九作业队成立，队长是杜宪宜，还配了一位军管小组的军人周指导员。成员有：负责投弹弹道计算的谭子成、模拟训练弹总体结构设计的刘铸铭、投弹瞄准器的吕能和、控制系统的钱国旗和负责降落伞具的张怀昌（空军实习队的军人），还有负责并承担轰六甲飞机弹舱的温度、振动、冲击等环境参数测试的孙耀华、朱伟义、张庭芳、许凤斌、孙占纯（空军实习队的军人）、董国根和我等九人。

这是一次与空军大力协同的任务。负责完成投弹的是空 36 师 107 团的飞行员，带队的是 107 团的徐副团长，执行任务的轰六甲主机是 21#、23#机、备份机是 31#、33#机，主机机长是齐长清、张志刚，特设主任是朱允裕。

九院的龚幼卿副院长和何英林都曾到现场指导工作。

空军机务部的唐志民处长、空十一军的军长姚长川亲临机场调度指挥。

姚长川曾是空军的一位传奇人物。

1956 年 4 月 22 日，时任航空兵独四团团长的姚长川驾驶杜四轰炸机，搭载韩琳副师长一行首飞拉萨“探路飞行”，然而飞过卓玛湖以后却找不到目标的位置，继而陷入了迷茫。苦苦搜寻了许久才终于在偏离航线85公里处的西南方向发现了目标。

当飞机飞临拉萨上空时已近中午，由于当时还没有机场可以着陆，飞机只能在拉萨上空盘旋。祖国的飞机第一次飞行在拉萨上空，藏族人民欢声雷动，纷纷向空中抛撒花朵来表达他们激动的心情。韩琳副师长和航空兵独四团的机组人员驾驶飞机在空中绕飞一圈，赶紧返回青海玉树机场。这次飞行全程用了10小时10分钟，等他们降落在机场时，发现机上的油量表已经亮了，如果不是及时返场，后果将不堪设想。

姚长川驾驶杜四轰炸机首飞拉萨，为开辟北京至拉萨航线的试航组提供了宝贵的经验。1956年5月26日，韩琳副师长带领机组驾驶伊尔-12运输机于6时20分从西宁机场起飞，9时23分安全降落在新建的拉萨当雄机场，为北京—西宁—拉萨航线的开辟画上个圆满的句号。

由各专业技术人员临时组建的第九作业队和空军107团的空勤、地勤人员在14#场站大力协同，迎接投弹训练和弹舱环境参数测试的任务，以确保罗布泊上空的国家试验一次投弹成功。

2. 三件“法宝”

遵照周总理“严肃认真、周到细致、稳妥可靠、万无一失”的教导，投弹训练和测试的各项准备工作在有序的进行中。

靶场的光测、遥测系统等已调试待命；总体结构组共准备了××发训练弹头，其中××发用于79-01试验任务，×发用于119-01试验任务；空军实习队的张怀昌和制造导向——环帆伞厂的师傅们在场坪上反复练习着折叠伞的程序动作。

负责弹舱环境参数测试的人们正在机舱内安装各类不同的测试传感器和测试仪器设备。那时还没有专用的测试仪器设备，选用的都是民用设备仪器改装的，一台电子管的老式的磁带录音机（601型）、一台当时所谓小型化的铂电阻式的多点温度记录仪等仪器，其实和机上的航空仪器设备比都是超重超大的。为了适应机上的振动、冲击等动态环境，还专门设计了减振支架，支架上分别安装了四个航空减振器，出厂前已做过振动试验等考核，结果是能满足机上使用环境。飞机上的电源是400赫兹、115伏特的，还专门研制了供民用仪器设备使用的50赫兹、220伏特的电源转换器。

空军机组和地勤人员都在精心地做着投弹准备工作……

那些天，每天都在围着飞机转，在机舱里爬上爬下、钻来钻去，根据测试实施大纲的要求用502胶水固定着振动、冲击、温度传感器，布设一束束的测量导线，并用白布带、医用白胶布捆绑、扎牢。

八九月份正是基地最热的日子，经常是汗流浃背。有时划伤了胳膊、手指，就用白胶布贴一下止血，有时白大褂工作服划破了，也会顺手撕下一块白胶布贴上，还真好用，不到近处很难发现划破的地方。

和空军的同志们一起工作，经常是不分你我、配合默契，工作是紧张的，也是愉快的，歌声、笑声不断。

空军地勤的同志们戏称我们作业队的人是502胶、白布带、医用白胶布三大“法宝”在手，粘一粘、贴一贴、捆几圈、绑几道，简直是神器。有时候他们的手划了、工作服破了也会用我们的三大“法宝”。

3. 投弹测试

机场场站气象站预报九月份会有十个适合飞行的好天气，依据预报排好了投弹飞行计划，分配了投1：3（1：

9）的训练弹、1∶1的模拟弹的架次、日期和机组，还分别安排了弹舱振动、冲击、温度的不同测试投弹日期，计划的重点是确保主机的投弹训练。

投弹训练的轰六甲机“大白鲨”

九月初，天气晴朗，蓝蓝的天、飘着星点白云，能见度非常好，空中银白色的轰六甲战机像条大白鲨。

通常人们都非常羡慕飞行员的职业，其实当和飞行员相处一段时间后你会知道，做飞行员既是光荣的，又是紧张的，有时还会遇到伤痛的苦差事。地面天气好时，驾驶舱内的温度约在30℃，当接到起飞命令升空后机舱内的温度会迅速下降，理论上在巡航高度10000米的高空时，机舱外的大气温度在-40～-60℃左右，那时机舱内的加温系统还跟不上机外环境温度的变化，所以舱内温度从30℃下降到-30℃是常有的事，常年下来飞行员们多数人都患上关节炎等疾病。

最早飞的是训练弹的投弹课目，以使飞行员们适应机场、靶场的环境。开车—滑跑—起飞—上升—平飞—投弹，设计的航线图上是约 1 小时 20 分钟，靶场上空每飞一圈是 19~20 分钟，靶场离中蒙国境线很近，飞行员们说在高空能看清蒙古国的风光。9 月 8 日、9 月 9 日两架主机的飞行投弹都很正常，光测数据表明降落伞程序动作正常，模拟训练弹头准确命中目标。振动测试也获得了完整的原始测试数据（还需进行地面判读和分析）……

9 月 11 日是个休整日，场站还专门派车送我们去基地生活区看看，当时物资供应贫乏，买东西是要票证的，场站的人说那里产的中药当归是全国最好的、不要票证，对女同志有调经活血的作用，我们几乎是每人买二斤，回去给爱人补补。我还自己买了一双千层底的黑布鞋，总共花了不到十元钱。三次到酒泉，这是唯一的一次到生活区“逛逛”，只记得基地俱乐部的外形与厂电影院差不多。

4. 停飞令

9 月 14 日午餐后，正准备列队去机场工作时，空军向工作队宣布了停止飞行训练的命令，并告知根据上级命令第九作业队的人员也一律停止外出，带上自己的保密本、机密资料、保密包同空军一起集中待命，在驻地组织政治学习。

事发突然，谁都没有思想准备。当时我们测试组只取得振动测试的两架次完整数据，冲击和温度测试还没有进行。出发前就知道在新疆罗布泊靶场已做好了国家试验的各项准备工作，必须在国家试验安排的日期前给出轰六载机弹仓环境合格的结论，以确保国家核试验的成功。

当时二赵（赵登程、赵启民）已经进厂，把搬迁时的“三大事故”定性为政治性破坏的“三大案件”，厂内形势紧张，已经有人被冤杀，想想如果我们没有按期完成测试任务而影响国家试验，可能是罪大恶极，所以我们几个年轻人压力非常之大、情绪非常激动。

问徐副团长“为什么停飞？”回答是“执行命令，为什么停飞我也不清楚！”平时我们第九作业队的人是说了算的，三个年轻人直接去问姚军长“为什么停飞？影响了国家试验任务谁负责任？”当时是情绪过激、言语过激，姚军长很严肃地说：“执行命令！上级要求你们兰字八三九部队的人必须执行军令。”但是姚军长答应向上级反映我们完成测试任务需要再飞的×架次。

其实，“九·一三”后全军都已进入战备状态，空军停飞一个月进行学习整顿。

几天后，空军与作业队协调恢复飞行的架次安排，但明确要压缩各飞行架次。

飞行计划直接报周总理审批，获总理批准决定主机23#机、31#机再飞五六架次，而测量任务只给了三架次。

9月21日恢复飞行，全国空军都已禁飞。不对！准确地说是全国还有两架飞机在升空执行特殊的任务。特殊的时刻可以感到机场特别的紧张气氛，驻地的平房增加了岗哨，而且是双人站岗，机场好像宁静了许多；飞行员们表情严肃，从前舱的机长、副驾驶、领航员到尾舱的通讯员、射击员等都佩带着新式的小手枪（不是“五四式”，后来知道是“七〇式”手枪），好像随时准备着应付紧急情况，飞行服、小手枪、人人威武雄壮，眼神中传达着坚定的信念——“不负党的信任、保证完成任务！”穿着黑色地勤服的地勤人员默默地完成着加油、挂弹等勤务，听不到往日的说笑声……

9月21日上午、下午，23#机和31#机各飞行了两个架次，9月25日又飞行了一架次，完成了冲击环境的测量，数据完整。但是测温任务只进行了一架次，很难给出弹舱环境温度满足××航弹要求的明确结论。

5. 两张免检证明

待命！一直没有接到再飞的指令。10月5日，却接到了第九作业队返厂的命令。这第一张免检证明是空军开据的：请沿途免检放行。全体从清水火车站乘火车返回西宁，到西宁招待所时厂空军实习队的领导才通告“九·一三”事件的真相，说是按中央的部署分批通告的。

10月15日，接到恢复01试验测温飞行的指令，我和郑自和、杜心端三人又带上第二份免检证明返回酒泉基地。这张免检证明的公章是中国人民解放军青海省矿区公安局军事接管小组。还重新开具了进场工作的证明信，公章是“中国人民解放军兰字八三九部队”。

按照命令，测温飞行只给了三个架次，分别于10月21日、10月22日、10月23日完成，取得了完整的测量数据和分布曲线。整理测试数据、编写测试试验总结报告、给出手动和自动都能符合技术要求的明确结论、打印上报……

撤场前几天，空军场站送来一筐延安产的小火红柿子，是姚长川军长托过路转场的飞机捎来的，让我们也尝尝鲜，小柿子真甜，谢谢姚军长！

几个月后，罗布泊上空又一次巨响，新的一次轰六甲机空投的国家核试验获得了成功。

流年不能带走一切，往事并非都是云烟，44年前“九·一三”事件前后的经历仍在记忆中，那昨天的故事啊。

今天的酒泉基地是爱国主义教育的地方，已经对外开放。

最 高 指 示

我们的責任，是向人民負責。

车站、列车員負責同志：

前有我部刘启鹤共[illegible]人，随带精密仪器共叁件，經由清水至西宁。非屬爆炸、剧烈危險物品，請沿途免檢放行是荷。

特此証明

中国人民解放军5409部队

1971年10月5日

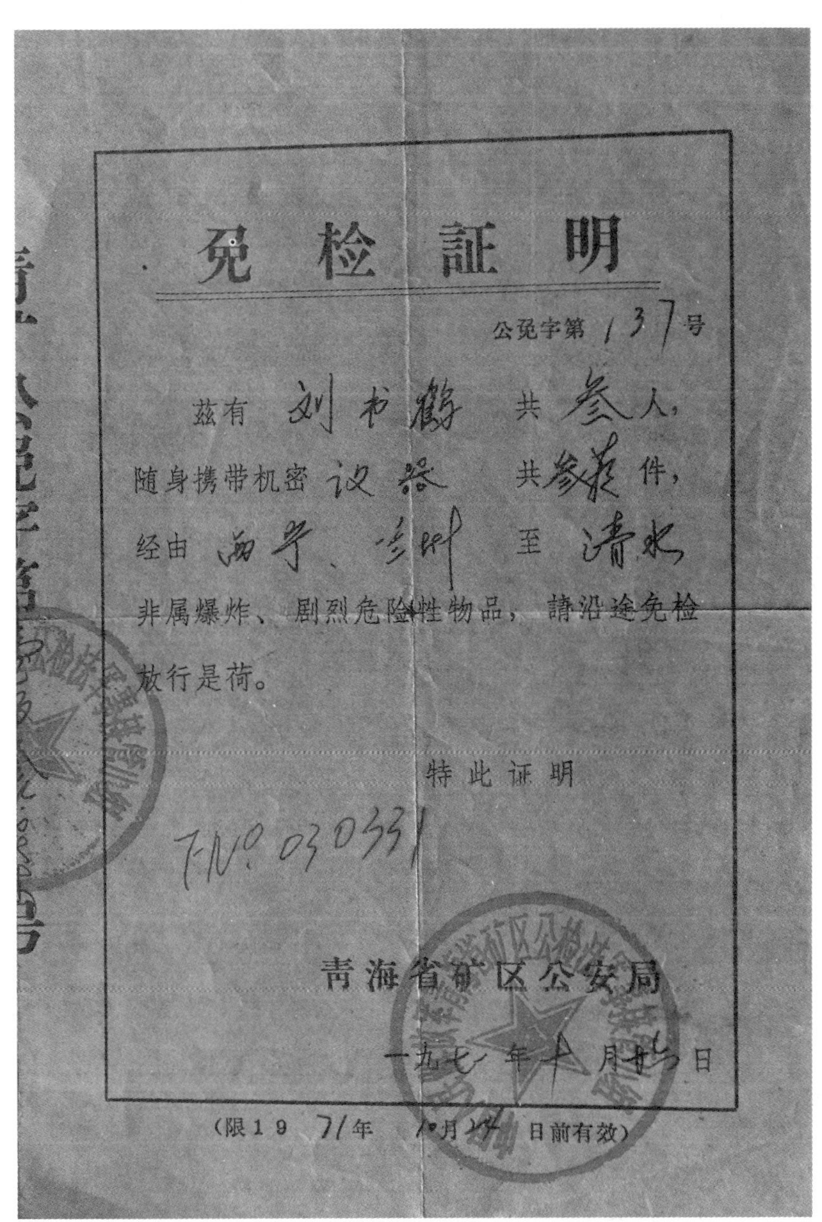

免检証明

公免字第 137 号

兹有 刘书鹤 共 叁 人，

随身携带机密 仪器 共 叁拾 件，

经由 西宁、兰州 至 清水

非属爆炸、剧烈危险性物品，請沿途免检

放行是荷。

特此证明

No. 030331

青海省矿区公安局

一九七一年十月十六日

（限19 71年 10月24 日前有效）

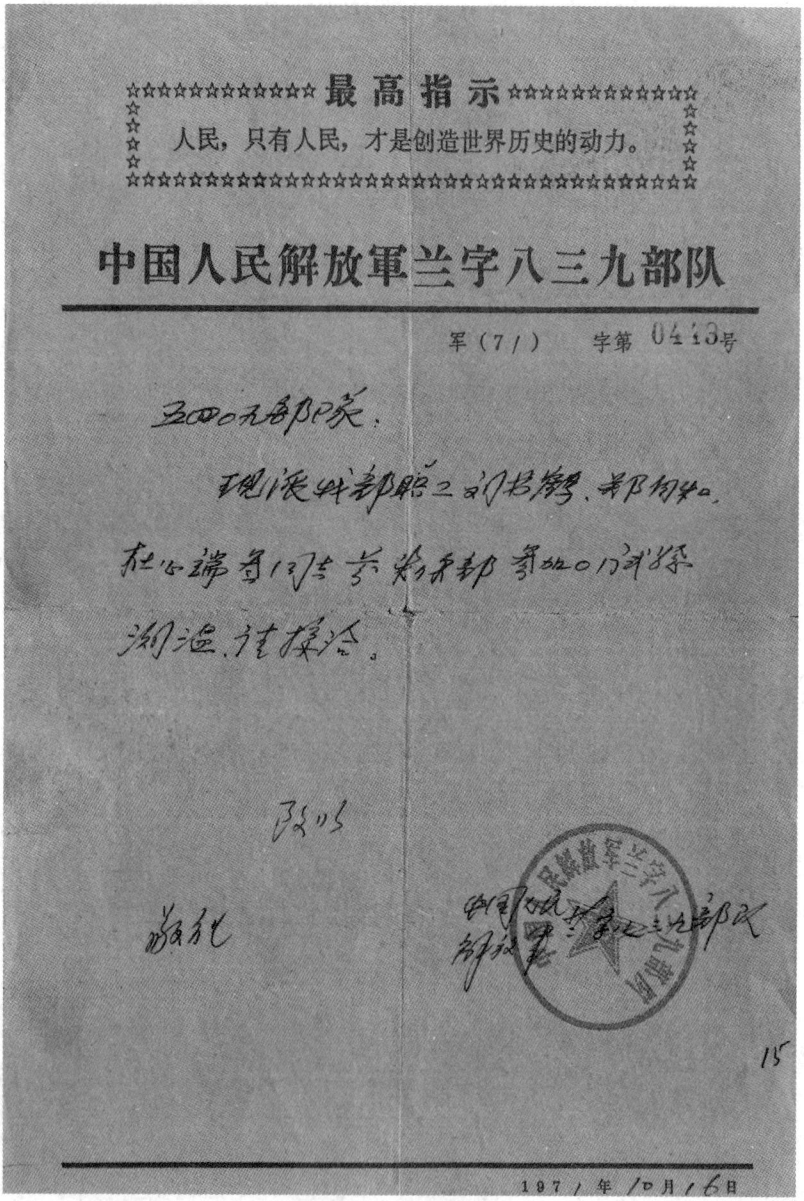
最高指示

人民，只有人民，才是创造世界历史的动力。

中国人民解放軍兰字八三九部队

军（71）　字第0413号

五四〇九部队：

现派我部职工刘书鹤、郭向如，在公端等13名同志前往你部参加0.7测绘训练，请接洽。

此致

敬礼

中国人民解放军兰字八三九部队

15

1971年10月16日

兰字八三九部队介绍信

第七章　马兰故事

1970 年至 1972 年，前后两次到马兰基地执行国家核试验任务。一次是乘火车专列从地面进入，一次是乘军用专机从空中进入，神秘的马兰基地原来是这样的。

1. 翻越天山

寒冬深夜，一趟军用列车缓缓地停靠在站台上，老师傅说终点站到了。透过车窗看到的是漆黑的夜空，站台上暗淡的灯光下人影晃动，一块白色的站牌上写的是“大河沿”，心中多少有些疑惑，不是说到吐鲁番站卸车转运吗？在这里当过兵的军工小杜说这就是吐鲁番火车站。原来，我心中的吐鲁番是《西游记》中孙悟空斗铁扇公主的地方——火焰山，是盛产葡萄的地方，是中国最热的地方，眼前的“大河沿”怎么这么寒冷。

到马兰基地执行试验任务，是组织的信任，感到责任重大。我和军工小杜两人负责炸药部件车厢的保温测量工作，一路上认真地做着本职工作，除了换班休息的时候，很少看看沿途的风光，只记得过乌鞘岭的时候机车喘着粗气，好像很吃力，速度很慢；看到河西走廊铁路两侧的沙丘、骆驼草，人烟稀少……

卸车、装车、车队编组。

基地只派了一辆轿车是给老同志们乘坐的，我们这些刚三十多岁的年轻人都是解放牌大卡车，刚出发时还不太冷，身上的棉大衣还有些余热，基地的同志叫我们都坐在小凳上，注意安全！没有想到的是那不平的搓板路把我们全都颠起来了，屁股疼得根本坐不住，那就都站着吧。翻越天山时，顺着汽车的灯光隐约可见雪白的山峰绵延不断，冷风早已吹透了全身，基地的同志又给我们披上一件老羊皮的军大衣，两件大衣裹着还是挡不住寒风，有些哆嗦、打着寒颤。翻雪山，搓板路，到马兰，这二百多公里真的不知道是怎么熬过来的，好在都还年轻。

2. 曹师傅

在马兰，第九作业队住在基地工程兵团十二连的一排营房，营房前的沙坡上用河卵石镶着“下定决心、不怕牺牲、排除万难、去争取胜利！”

在马兰，工作在马兰机场边上的专用厂房里，每天乘坐基地配给的一辆苏制八座吉普车轮换上下班、值班。

第九作业队的队长是曹庆祥主任，时任二二一厂二分厂总装车间副主任，一位资深的工人师傅。

曹庆祥，调二二一厂前曾任武汉长江大桥的调装指挥长，大桥建成通车后曾受到毛主席和斯大林的亲切接见。1964 年 10 月 15 日，中国第一颗原子弹也是在曹师傅的摆旗、吹哨中从地下工房的天窗里吊出来，安稳地放进平板车上的塔爆大铁罐里的，吊车司机是朱振奎师傅。曹师傅多次到马兰执行任务，他已经是第九作业队的元老一级人物。

在厂房工作时，他是最严肃的人，年轻人非常怕他、尊敬他；业余生活中，他又是个非常随和、有趣的人，年轻人又经常与他说笑嬉闹。

曹师傅有个好习惯，每天起床最早、动作最快，早饭后第一个坐在小车上，等候我们这些晚睡晚起的年轻人。

从工程兵团到厂房的路也是大搓板路，八座吉普车只有副驾驶位是个正座，其他的都是侧座，路上颠起来，侧座也是很难受的，一路上想坐稳也是很难的事。几天来发现曹师傅总是坐在前边的正座上，几个年轻人背后议论着，正座一定不那么颠簸、很舒服，什么时候咱们也尝尝坐正座的滋味。于是“编造”了几个有趣的故事讲给大家听(其实是讲给曹师傅听的)。说解放战争的时候，四野的一位军长坐在小车前边的位上，遇到敌人被枪打伤，坐在后边的人没有受伤。过了两天又说，抗美援朝时，有位师长坐在吉普车副驾驶的位置上，被李承晚的伪军打伤，司机也受了伤，后来志愿军规定首长不能坐在前边，那是警卫员、卫生员、通讯员的座位。有人还附和着说，我也听说过……有一天，我们看见小车前边的座位空着，曹师傅“自觉地”坐到了侧面的位上。从那以后年轻人们轮换着坐在正座上，那正座的感觉真舒服，互相传递着得意的眼神。

曹师傅还有个不太好的爱好，东北人嘛，每天晚上都喝喝小酒，就是一块多钱一斤的伊犁大曲一级的，也不在乎晚上有没有下酒的小菜，还自言自语地说，天太冷喝酒会身上热乎点，还能解乏。这一天，几个年轻人又出坏主意，叫小王偷偷地把瓶里的白酒倒掉再灌上白开水（特别注意要和原来一样多)。晚上，他又喝酒吃菜美滋滋的，年轻人们偷偷地好笑。老实人小崔实在憋不住了，说曹师傅今天的酒好喝吗？曹师傅抬头看看我们几个，又喝了一口酒，喷出来说怎么都是水，笑着喊道又是你们几个小淘气干的吧？！

试验装配工作是紧张的、严肃的，和这样的师傅一块工作生活又是愉快的、和谐的、有趣的，受人尊敬的曹师傅！多么可爱的曹师傅！

3. 最轻量级体重赛

连队平房是一排大炕（通铺），靠门边的暖墙附近温度最高，到炕梢就没有多少热乎气了，最热乎的地方当然要请年纪大的师傅们睡，论年龄排挨着睡，但是那第一个人晚上也有任务，就是晚上负责烧炕填煤。

业余生活是单调的，除收听门框上小喇叭里吹起床号、熄灯号，还能听听电台的广播外，就是下军棋、象棋、打扑克。第九作业队还发明了一种新打法，叫“双进贡”，每个人要抓一副牌（四个人玩四副牌、六个人打六副牌），哪个队输了要根据分数多少进贡，后来这种玩法也传到了部队，直到现在退休的二二一人还在各地打“双进贡”。玩嘛！总会有输赢，也有人总不服输，争着喊着好热闹。

这几天，年轻人们在讨论筹划着一种新的最轻量级比赛，不是最轻量级的拳击赛，也不是最轻量级的举重比赛，而是最轻量级的体重比赛，简称“比谁轻”，奖品是曹师傅赞助的，谁获冠军得一瓶水果罐头。经过分组淘汰赛，最后进入决赛的是：个子不高的江西人小邓和又瘦又高的安徽人小崔。那天晚上的决赛，戏称“崔胡子、邓眼睛”大赛，称重用的是食堂里的大杆秤，用一根木棍穿在杆秤的提手中，我们一边一个人抬着，称重的人要自己抓住秤钩来称重，裁判长是曹师傅。小邓称重后，只见小崔几乎脱光了所有的衣服，只穿着一件裤头来称，结果是小崔夺冠获罐头一瓶。多冷的天呀，一场喜剧、一晚笑声。

4. 老头乐和博斯腾湖大鲤鱼

听基地的军人们讲，马兰盛产多种中药材，有一种当地叫“老头乐”的中药，对男人最有用，可以生精养血，几位老师傅动心了，咱们去挖“老头乐”吧！那一天，我们带上工兵用的小铁锹、小铁镐到沙地里去找，开始挖到的是中药甘草，遍地都是甘草，很容易找到，每个人都能挖到，很高兴！但是谁也没挖到“老头乐”，还是带队的战士先挖到。呦！这就是“老头乐”，外形象冬笋或半截的地瓜，表面有着像松果一样的鳞片，准确地说是鳞茎。一人拿着一根地上部分的样品，全体开挖，那一天每个人的收获都很多，年轻人们并不觉得非常重要，留下几块，其余的都给了师傅们。当然，曹师傅年纪最大分得最多。

其实“老头乐”的学名叫苁蓉或叫肉苁蓉，医书中记载：“苁蓉味甘、竣补精血、若骤用之、更动便滑。”意思是说苁蓉味甘咸、性温。它的补精养血作用比较强，并可壮阳。临床上常用来治疗肾虚的阳痿，以及腰膝无力、软弱冷痛等病症。此外，还可以润肠通便，常用于血虚、肠液干枯的大便秘结。但对脾胃虚弱，经常便稀，以及阳盛阴虚，遗精滑泄的人不宜服用。

至今，家中还保留着四块在马兰挖的肉苁蓉，虽然已经没有疗效了，留着作个马兰的纪念物吧！

博斯腾湖是新疆最大的淡水湖，盛产红尾巴的大鲤鱼。那一天是休息日，基地安排让作业队的人去湖边看看，离驻地只有十几公里，很快就到了。风很大，沙粒打到脸上有点痛。博斯腾湖很大，一眼望不到湖的对岸，原来沙漠中还有这么大的湖面。湖岸边长满了芦苇和野草，来得不是时候，冬天的湖边已经结冰，一艘渔场的小船被冻在湖水中，要是夏天来，可以乘船到湖中去欣赏，看到碧波荡漾的湖光山影，到对岸去逛一逛。事先已经电话联系过，渔场为我们准备了几条封冻前捕的红尾大鲤鱼。在渔场值班室的小屋里，水缸中的鱼慢慢地游动着，从来没见过这种红尾巴的鲤鱼，闪光的鳞片、滑动的红线。好客的渔场主人送给我们两条红尾大鲤鱼。

回来的路上，路过工程兵团的军人服务社，五元钱买了一瓶茅台酒（那是真正的茅台酒），晚上食堂的餐桌上又多了一道菜——红烧鲤鱼。

5. 向年轻的飞行员致敬

经中央专委请示，毛主席已经批准了这次核试验的日期时间是 12 月 30 日 13 时 00 分。

马兰气象站预报 12 月下旬会有适合飞行的好天气，但是不知为什么，这几天一直是雪天，有时还是大雪天，雪白的天空、雪白的跑道、雪白的山峰，好像什么都是白色的。

歼六歼击机

为了确保国家试验的安全和成功，这一天试验指挥部向四架歼六飞机下达了到罗布泊靶场探路飞行的任务，歼六飞机当时是我国最好的歼击机。老飞行员驾驶的三架飞机陆续返航在马兰机场降落，惟有一架飞机一直没有回来……飞机失事，在乌什塔拉小学操场的西边空地上坠毁——一等事故。

随着空军的参谋、助理们赶到失事现场，他们讲述了年轻飞行员的英雄故事：

驾驶这架战机的是刚刚从航校毕业的年轻飞行员，升空——探路到靶场上空——返航，都飞行正常。可能是因为天地都是白色的，不知为什么误操作使飞机的姿态已经倒过来了，结果造成飞机失速快速旋转，他曾向塔台报告飞机失速，塔台指示他要相信机上的仪表操作解除失速状态，用在航校时学到的程序动作，他成功了！飞机进入正常飞行。临近机场前，他的飞机油料已经不多了，飞机的高度和速度也较低了，准备迫降到离机场 15 公里远的乌什塔拉小学的操场上。快到操场时，他突然发现操场上有许多小学生们在上体育课，为了不伤着孩子们，他想把机头拉起来，结果是高度、速度太低，飞机一头扎在了操场西边的地里，飞机烧毁，年轻的飞行员壮烈牺牲，孩子们都安然无恙。

现场是惨烈的！飞行员是伟大的！至今还记得那仅能看清的是飞行员的一条腿、皮裤、皮靴，清楚地记得尾翼上的号码是歼六 4222。追认革命烈士、追记一等功，这是后话。

向英雄的年轻飞行员致敬！

6. 伊尔-12 女机长

1971 年 12 月 16 日午夜，一列车队从二二一厂出发，黑夜中前往西宁的乐家湾机场。几辆汽车上分装着一发小型化的核航弹，是供国家试验用的空投弹头，程敏玖、军工小王和我三人将随机押运弹头到马兰，任务是监测机舱的温度。

西宁天亮得较晚，黎明时能见度还很低。机场上灯光闪耀、人影浮动、车辆往来，乐家湾机场的场坪上已经停靠着一架伊尔-12 型军用运输机（空 13 师的机组）。当时，我们都是第一次见到伊尔-12 型运输机，什么都是新鲜的，哨声指挥着汽车倒至机舱尾部，机上的小吊车把一个个包装箱吊进机舱、固定。以前只见过普通的汽车吊和行吊的吊钩都是很笨重的大个头，飞机上的吊钩却是用高强度的铝合金制造的，小巧玲珑，起吊时声音很轻、劲很大。

早餐后，三人随同机组人员登机，检查各箱件的固定是否牢靠，发现机舱内怎么没有座位？这时，一位穿着飞

伊尔-12 型运输机

行服的机组人员从驾驶舱过来也在检查各箱件的固定是否符合空运要求，看到我们三个人呆呆地站在那儿，就教我们把机舱侧面的折叠式座椅拉下来坐下。原来机舱两侧有几把折叠式的铝合金框的椅子，拉下来人坐下，人走时会自动弹回去复位。

前边驾驶舱有人说："机长，塔台指令可以起飞了!"从这位飞行员回话的声音中，惊奇地发现是位女机长?!再大胆地、仔细看看确认是一位女机长！是的，这次执行任务的伊尔-12 运输机的机长是中国第一代女飞行员中的一位，威武精干、飒爽英姿，副驾驶、领航员却都是男飞行员。

第一次坐飞机，有些激动、有些紧张，好在女机长的驾驶技术一流，不知不觉中已在三千多米的高空中飞行，由于二二一厂生活区的海拔高度已是三千二百多米，所以对我们在高原上生活的人来说，几乎没有什么反应，也都没有晕机，但是有时会感到飞机有些波动，那是遇到了高空气流的变化，人有感觉的时候，看机上的高度表可能已下降三百多米啦！

很快就到了武威机场，下降高度——放起落架——着地滑跑——停机坪，这时我们都不太紧张了，仔细认真地体验着，原来飞机的起降是很平稳、很安全的。女机长叫我们三人与机组人员一块下飞机到机场场站的空勤灶去吃午饭，怎么回事？刚刚吃完早饭没多久就吃午饭，距中午还有近两个小时呢？男领航员说下一个机场还远着呢，必须在武威给飞机加油、检查，我们去吃饭。机场上有空勤灶、地勤灶，空勤灶的伙食标准比地勤高很多，机场已接到指令，我们三个穿地勤服的人今天享受一次特殊的空勤待遇。吃饭时，男飞行员们一直叫我们别客气，吃饱吃好，晚饭可能会很晚。走出食堂时，飞行员叫我们也拿些水果、糖、饼干之类的东西备用，这是空勤标准里允许的，我们还真的不太好意思，男机组人员又帮我们拿了些小食品。

现在才知道为什么许多飞行员都患有胃肠疾病了，其实他们执行任务时经常是饱一顿、饥一顿的，特别是在大西北和边远地区执行军务和救灾任务时，就餐和休息是完全没有时间规律的——可敬的飞行员们！

武威机场起飞后，飞机一直沿着河西走廊飞，我们胆子也大了些，有时也会拉下侧面的小圆窗向下看看。天气晴朗，可以清楚地看到左侧的祁连山雄伟壮观，一座座雪白的山峰瞬间流过。军工小王偷偷地对我说，机舱里没有卫生间，他要小便怎么办？小脸憋得通红，其实我也不知怎么办？就围着机舱内的包装箱转。这时，女机长走过来问我们俩为什么乱走动？我小声告诉机长小王憋坏了！女机长微笑着从前边拿来一个塑料袋（很厚的塑料袋），说别不好意思，到箱子后边去解吧。这时我们三个人都是脸红红的，记住！下一个机场别吃得、喝得太多！

短暂停留哈密机场后，沿着天山飞行，平安地到马兰机场落地。机场上第九作业队的师傅们早已做好了接机准备，卸载、转运，将包装箱状态的试验弹头运到马兰机场东南角的总装厂房里。

谢谢，功勋的伊尔-12 运输机！谢谢，令人敬佩的女机长！

朱光亚副主任一直在现场坐镇指导作业，拆箱、质量检查、部件装配、系统联试、总装，1971 年 12 月 29 日一发可供强五飞机空投的新型核弹头已经待命！

两次到马兰，都是在寒冷的冬季，没有见到过马兰花盛开的季节里的碧绿浅蓝，没有去过基地的生活区，没有到过罗布泊的靶场，脑海中的大河沿、搓板路、天山雪峰，老头乐、沙丘、大鲤鱼，运输机、轰炸机、强击机，厂房、机场、飒爽英姿女机长……只留下这点点片片、断断续续的马兰故事。

记忆中神秘的马兰！还是神秘的马兰！

第八章　忆说氢弹三次甩投不下

站在中国航空博物馆的这架 11246 号国产强五甲型强击机面前，45 年前中外核试验历史上罕见的“氢弹三次甩投不下”“核弹头零前带弹着陆成功”的惊险一幕历历再现、思绪万千……

强五甲型强击机

1. 祝你成功

1971 年 12 月 30 日上午 10 时 00 分，毛主席亲自批准我国第 13 次核试验（第 8 次空投实验）的零时定为 13 时 00 分。周总理亲自守在北京中南海办公室的电话机旁“坐镇”指挥，在现场组织领导这次核试验任务的是我国著名科学家、原九院副院长、刚刚到国防科委上任的朱光亚副主任。

这是一次新的氢弹小型化的核试验，执行投弹任务的载机是国产新一代的强五甲型飞机，该机型是第一次担负核试验任务，也是第一次采用甩投方式投弹；以前国家核试验都是由轰六甲、轰五甲型轰炸机完成的，采用的是水平投弹方式。

国家核试验基地马兰机场东南角的总装厂房内，中国第一个核武器研制基地——二二一厂的技术人员和工人师傅们经过紧张而有秩序的工作，已将一发试验用的新型氢弹（核航弹）总装、联试、待命。10 时 10 分核航弹的运输拖车准时从厂房起运，10 时 25 分在位于马兰机场塔台西侧的苏制橡皮保温房分解保温弹衣，并与空军地勤人员进行产品交接。按照预定顺序，空军地勤特设人员熟练地完成了挂弹和转接工作，二二一厂的俞雷技术员插接 26

芯的脱落插头，我和空军实习队的技术人员最后一次测试和记录了弹仓及产品的有关初始温度数据，担任这次核试验投弹任务的济南军区空五师的杨国祥团长对飞机和核航弹进行了认真的复核检查和交接，一切顺利、程序正常。

中午的马兰机场是那么宁静，这一天又是难得的好天气，由于前些天一直在下雪，机场外的大漠一片银装素裹，太阳光下的塔台、跑道、战鹰格外明亮，晴朗的天空一望无际。我们也穿着黑色的地勤服和空军地勤人员一道在橡皮房外列队为战鹰送行，八一电影制片厂的摄影师拍下了一组组珍贵的镜头。在机场指挥的是兰州军区空军的杨焕民司令员，经请示朱光亚副主任后司令员上前握住杨国祥的手坚定而有力地说：“祝你成功!”12 时 30 分机场塔台下达了起飞指令，银白色的战鹰试车、滑跑、加速、带弹呼啸着从身边远去。我们目送着战鹰的身影，直至在视野中消失，心中也在默默地重复着“祝你成功”……

2. 训练飞行

为了确保这次试验的圆满成功，我们九院的技术人员（当时院厂刚刚分家，院厂对外都是以九院的名义）已经与空军进行了两年多的技术装备改装和飞行训练。

强五飞机是我国新研制定型的新机种，由于原来的弹仓直径比试验弹的直径小，挂弹后的核航弹是半露在弹仓外面，仓盖也无法合上，所以提前返厂进行了弹仓改装；核航弹对飞机弹仓有较严格的环境温度要求，因为在高空5000至10000米飞行时的大气温度是-30℃～-60℃，该机原有的保温设计和空调系统都无法满足核试验需要，又需进行改进和改装，这就是现在执行任务的强五甲型机。

1970年11月25日—12月4日，我们利用模拟训练弹进行了六个架次的弹仓环境温度飞行试验，参加试验的是11246号、11247号和11249号三架强五甲机，其中空中调温飞行和自保温飞行各三架次；12月6日还用一架轰五甲型备份机进行了一次高空自保温飞行试验。实测发现11249号机的调温系统不正常，被淘汰；另外两架飞机的空调和自保温能满足试验要求，被确定为执行试验任务的主机和辅机。为了确保试验成功，减少飞行中飞行员的调温操作动作，首长们同意我们的建议——正式试验时采用自保温飞行。

11246号主机的飞行员是杨国祥团长，一位出类拔萃的我国第一代少数民族飞行员，性格刚毅、技术稳健，是小说“彝族之鹰”的艺术原型；辅机飞行员是朱玉欣副团长，一位精明干练、勤奋好学的汉族飞行员。

核试验预定在1971年年底前必须完成。为了保证投弹后的飞机有充足的时间远离靶场，以免使飞行员和载机受到冲击波和光辐射的伤害，并保证投弹的准确度，设计

轰五甲型轰炸机

了三种投弹方式：第一种同以前几次核试验所用的轰炸机一样，是平飞水平投弹；第二种投弹方式是俯冲低空投弹；第三种是500米低空进入爬升上仰45°时甩投，理论计算和实测核弹从脱钩到引爆约为30秒。从安全和实战出发经批准采用的是第三种方式——甩投。

1970年11月的投弹训练是个苦差事，甩投又是个新方案，按照九院谭子成技术员计算的弹道参数，必须保证飞机的飞行速度、高度和45°姿态的统一，才能使弹着点落入50米的靶中。1971年1月5日、7日分别进行了两次遥测弹的综合飞行实验，地面光测和遥测数据表明与理论弹道相符，程序动作正常。杨国祥前后共完成了200多枚训练弹的甩投试飞，地面实测弹道一次次逼近理论弹道，甩投着靶精度从百米、几十米直至弹着点距靶心仅十几米的优秀成绩。

1971 年 12 月，当我乘坐空军的伊尔-12 型运输机押运试验弹从西宁的乐家湾机场到马兰机场时，强五甲机也已转场到马兰机场待命。

3. 惊险一幕

12 月 17 日，朱光亚副主任在基地主持召开了第一次协调会，参加会议的有：试验基地的白司令员、张副司令员、21 所陈所长，济南军区空军王副司令员、宋师长，兰州军区空军杨焕民司令员，国防科委倪参谋，九院的龚幼卿副院长、杨金生副厂长、俞雷、蔡永林、我和孙校良等 16 人。会上各参试单位互相协调了挂弹和投弹程序、试飞和遥测弹综合演练程序、弹道技术要求、靶区测试项目准备、飞行计划等节点问题。基地还通报了近期天气预报，除 24—25 日多云、25—28 日小雪外，可能会有五个飞行日。朱副主任会上作重要指示："九院的同志年前要完成三个试验任务，心情是可以理解的，但是工作一定要做扎实、做细、做牢靠。对试验结果的估计是这次试验是小板机、新东西，被板机也是新原理，主要目的是第一个（板机），被板机可能（当量）很小或不响。"朱副主任特别强调了周总理非常关注的"万一投不下来"时的安全问题的技术措施和落实情况，九院报告了安全论证、安全措施和地面安全实验的结果，能保证在正常带弹着陆地时不会爆炸；空军和基地也报告已采取了投弹系统加装单项活门的改装措施，能确保万一甩投不下时将挂弹沟锁死，以免带弹着陆时出现意外。并已有带弹回来的三个预案，一是返回马兰机场、二是在罗布泊备用场降落、三是在沙漠中弃机跳伞。

但是，谁也没有料到，这“万一投不下来”的事真的会发生，事后大家说：“周总理真是太神了！”我们搞科学试验时一定要遵循周总理的教导，“严肃认真、周到细致、稳妥可靠、万无一失”。

12 月 21 日晚九院与空军进行了挂弹的最后一次协调，空军机务部的唐志民处长、济空的凌处长明确通报了挂弹全过程的时序、地点、人员和注意事项。12 月 22 日第一发遥测弹挂弹程序无误、投弹落点正常；12 月 25 日第二发遥测弹弹道准确，弹着点落入靶心。

……杨国祥熟练地驾着战鹰在原定的航线上飞行，这条航线他已往返多次，几天前的遥测弹演练的场景就在眼前，但是今天是一次带着真弹的正式国家核试验，还是略有一点紧张，他密切地观注着驾驶舱前的仪表数据，按预定航线、高度、速度、准时进入了靶区上空。指挥部发出了投弹指令，杨国祥按规定投掷程序和要领按动了投弹按钮。这时意外的事情发生了，投弹推脱装置没有动作，他明显地感到核弹还在肚皮底下，第一次甩投失败；第二次进入靶区上空甩投又没有成功，按飞行图规定正式试验飞行时只有二次进入靶区，飞机飞过靶区的一大圈是7分20秒、一小圈是6分钟；杨国祥又改用训练飞行程序第三次进入靶区，但是第三次甩投仍然没有成功，这时强五甲型飞机的煤油仅够再飞行约30分钟了，如果第四次进入就不能再飞回马兰机场，形势严峻。

天上，杨国祥的脸上凝聚着汗水向指挥部紧急报告三次甩投无效。

地下，几千人的参试人员中九院的孙清和却没有看到蘑菇云的升空，听不清地面广播喇叭中说了些什么，人们在静静地等待着。

北京，周总理在电话里已知道了靶场上的意外险情，情况紧急，总理决定直接与机上通话，这是核试验历史上的第一次与机上直通，以前的试验飞行都是不许通话的。此时的杨国祥却格外的沉着冷静，他只有两种选择：一是弃机跳伞，二是带弹着陆回场。而后者是古今中外前人所没有做过的，带有很大的风险。杨国祥不顾自己的生死，毫不犹豫地选择了后者。（事后他对我们说："就是想完整地把核航弹和飞机带回来供科学分析用，没有时间想到别的后果"。）话筒里他只说了三句话："我一定想尽一切办法，完成任务。如果实在投不下去，我将千方百计地把核航弹带回去。如果带不回去，我会在大漠深处降落，绝不做对不起党和人民的事，请首长放心。”周总理批准了带弹着陆方案，同时指示要相信飞行员的技术和能力，一定要保证飞机的安全着陆。

13 时 30 分，总装厂房前。二二一厂的曹庆祥主任(曾任武汉长江大桥吊装指挥长，受到毛泽东和斯大林的亲切接见)、曹家仪师傅、我和俞雷等八人坐在那辆苏制八座嘎斯吉普车上，等待迎接飞机的归来，这已是九院多年来形成的惯例，每次执行核试验任务后送弹人员都要到停机坪去向空军的同志们表示感谢，车上带着用大红纸写好的感谢信。大概是由于形势紧迫，加上厂房里只有一部电话，罗布泊靶场上所发生的一切没有通知我们，我们也没有发觉原来停放在厂房北侧的几架歼五飞机已经转场，没有感到每次都是 60 分钟准时返回的飞机已经迟到，更没有察觉到返场的飞机着陆时的声音有些沉重。

核试验基地已接到通知，全体人员、汽车、装备都已有组织地进入防空掩体，马兰机场停机坪上的飞机已转场或入库，进入备战状态。朱光亚副主任坚持亲眼看到飞机带弹安全着陆，不肯进入地下指挥所，宋师长站在塔台上指挥：“杨国祥，我在塔台上，机场现在天气很好，你要沉着、冷静，注意检查挂弹钩是否已经锁死，一定要确保一次降落成功”，话筒里杨国祥坚定严肃地回答：“明白！”飞机从东边临近机场上空时，宋师长发出几个简明的指挥口令，“不需通场，直接进入四转弯着陆”、“注意检查襟翼和起落架”、“收油门、减速伞正常”、“带一点、好”。银白色的战鹰已平稳地滑跑到停机坪，时间是13时45分正。杨国祥打开座舱盖、挥起手臂、跳下飞机，平静地向迎接他的首长和地勤人员风趣地说了声：“今天的天气真好！”这时，我们的吉普车也已开到飞机旁，杨国祥急忙说：“别靠近，弹还在机上。”

4. 查明真相

试验指挥部向周总理和军委叶剑英元帅报告“核弹头零前状态带弹着陆成功”。

强五甲机带弹在空中停留75分钟，在场坪停放60分钟，由地勤人员进行了放静电处理（这也是一项危险的操作），18时30分试验弹运回到总装厂房进行弹上检查和保温。朱光亚副主任立即召开会议指示：“做了一次综合性的试验，（九院）要认真总结经验，取得第一手资料。”

在查找故障原因时，有人怀疑核航弹甩投不下是否与试验弹和挂弹有关，由于俞雷和我是最后交接离机的，所以就都成了被审查对象，那时的二二一厂正是“文化大革命”“二赵”时期，我们都刚过30岁，压力很大。好在朱光亚副主任还是很信任我们的，还是让我们参加这发弹的检查和保温值班工作。通过实测和技术验证，很快排除了这一疑点，结论是：核弹挂弹过程符合技术要求规定，没有造成短路，不会使投弹推脱装置不动。

空军、三机部、五机部的技术人员也在查找原因。空军查明核航弹真正没有投下去的原因是机上推脱装置的薄膜破裂、绝缘破坏，造成电气短路、爆炸螺栓不能起爆，使核航弹牢牢地挂在弹仓内。这个部件是太原某厂生产的，由于生产时没有向工人讲明是用于核试验的军用部件，是按民品要求加工和检验的，所以出现了严重的质量问题。周总理知道后批评了部和厂里的领导，并用专机将有关厂的技术人员和工人师傅接到马兰机场。在现场经过干部、工人、技术人员“三结合”，提出了改进设计方案，特别是改进了绝缘材料和压装技术工艺，经改装后的推脱装置可靠性大大提高。

5. 彝族之鹰

试验指挥部向党中央请示恢复试验，周总理批准同意“继续试验”。

1972 年 1 月 7 日，杨国祥再次稳健地驾驶战鹰飞腾而过，飞向罗布泊靶场，进入靶区上空后按预定程序熟练地完成了每一个动作，这一次当杨国祥按下投掷按钮时，核弹已如离弦之箭射向靶心，机上，杨国祥通过防护镜看到了雷电般的闪光，听到了如雷贯耳的巨响；大漠中又一次升起了蘑菇烟云，靶区数千人欢呼跳跃，时间是 15 时整。

强五甲机壮志凌云

新华社 1 月 9 日发表公报：“……为了打破美苏的核垄断，我国又进行了一次新的核试验……”

“氢弹三次甩投不下”“核弹头零前带弹着陆成功”，杨国祥为我国的核试验事业立下了赫赫战功。根据总理指令，中国人民解放军空军王政委亲自到机场为杨国祥和他的机组记功授奖、提职晋级，“彝族之鹰”在广阔的蓝空中翱翔。

2001 年 10 月 14 日，中央电视台“实话实说”节目——“壮志凌云”篇，主持人崔永元向国人揭示了这一段鲜为人知的历史，隆重地向观众推出了杨国祥团长。

面对着电视机屏幕上曾在多年前一起战斗过的老战友，45 年前那惊险的一幕仿佛刚刚发生，感慨无限、思绪万千……

第九章　美丽的金银滩

暴雨骤停、血雨止流、乌云飘散，红、橙、黄、绿、蓝、靛、紫七色彩虹，再现美丽的金银滩。

1. 金银滩的传说

青海湖北有座同宝山，山下就是美丽的金银滩大草原，原来是二二一厂的所在地，现在是青海省海北藏族自治州的州府“西海镇”。

历史上，青海古称西海。西汉末年，王莽秉政，于平帝原始四年（公元 4 年），派中郎将平宪等至今青海湖地区，讽喻放牧于青海湖周围卑禾羌首领良愿等献地称臣，王莽在今海晏县三角城设“西海郡”，取四海升平、一统天下之意。西海郡城原为方形，今之遗址为三角形，是隋唐军城之地，军城为便于防守，互为犄角之势而建成。1940 年在三角城东北 1 公里处置海晏设治局，取海晏河清之义。1943 年升格为县；1944 年在古城内出土一座俯卧于石座上的花岗岩雕成的汉代石虎，石虎身长 1. 5 米、高 0. 5 米、宽 0. 6 米，虎尾夹在后脚中，并搭在左背上，怒目前视、栩栩如生。又于 1986 年在原址出土了石虎下的石匮，石虎基座及石匮正面从右至左刻有“西海郡虎符石匮，始建国元年十月癸卯，工河南郭戎造”三行 22 个篆字。用现代语言解释是：西海郡虎符石匮，建于王莽篡权后的第一年十月癸卯日，由在湟水南边的一个叫郭戎的人所造。“虎符”就是兵符，本体小，多为铜质，亦有纯金铸的，背铭文，是古代帝王授予臣属兵权和用来调兵遣将的信物，分为两半，右半边留在朝廷，左半边发给地方官或统兵将帅。西海郡的石虎是王莽夺取政权的诡计，企图以“石符”、“石匮”之类的东西假托天命，以符命之说为其大造舆论以夺取西汉政权。

20 世纪 40 年代初，作曲家王洛宾来金银滩采风，住在牦牛帐房里与淳朴的牧民们朝夕相处。一起拌青稞糌粑，唱拉伊、跳锅庄，吃手抓羊肉，喝酥油奶茶。一位牧羊女卓玛，多情的眸子给了他创作的灵感，于是一曲《在那遥远的地方》从青海湖畔、金银滩草原飘出，唱遍中国、享誉五洲。

西海石虎

据说，金银滩上在窑厂的南边曾有过一个“百户”牧主的院落，院子不大有个二层的小土楼，是最早的职工医院的院部；在三厂区附近有个“马匹寺”，是一个千户牧主的院落，他是金银滩上最大的头领，叛乱时也曾是一个据点。1958 年，凌子风执导的电影《金银滩》，就是发生在这里的农牧民翻身得解放的故事，电影的外景在金银滩大草原上拍摄，一曲“高山跑马啊云里穿，要找凤凰到银滩”还没来得及唱响，就因为二二一基地的建设而被停止放映。

据传，还有王母娘娘的故乡是三角城一带的传说……

2. 草原美

每年七、八、九月是金银滩草原最美的季节，美得能让你流连忘返。

醉人的蓝天上，稀稀疏疏的白云，悠然飘过，伸手可摘一朵。碧绿的草地上，狼毒、马兰、小野花，万紫千红，风景如画。远望，黑褐健壮的牦牛，洁白如雪的羊群，在花草中休闲散步，黑白分明。倒在床上看雪山，银白的山峰，交错起伏，巍峨挺拔，雪山顶上采雪莲，雪莲花在直射的阳光下星光闪闪，雪峰顶上极目触天。

假日里，草原人举家来到七厂小桥下。小河的流水清澈透明，河边的水草绿，水中游动的小鳇鱼。这里的小鳇鱼很傻，可以用大头针弯曲成鱼钩吊到，是男孩们最爱玩最高兴的事儿；采野花，红色、黄色、蓝色、紫色的一枝又一枝，一把又一把，是女孩子的乐趣；挖手掌参、人参果（学名“角麻”）、大黄是大人们的活儿……

六月的飞雪刚刚过去，七、八月的雨是伴风而下，雨过天晴，第二天就是个捡蘑菇的好日子。从四厂区下班的人们结伴而行，翻过围墙，直奔蘑菇圈走去，其实这就是牧民们搭过帐房和牛羊圈的地方，远远看去茂盛的草地一圈又一圈的深绿色，非常显眼非常好找。走近一堆一堆的草蘑专捡刚出土的嫩菇，有时一个地方就足够几个人捡拾了。捡得多了，蘑菇太多时有人会把工作裤脱下来，把两个裤脚一扎，就成了口袋，每次都是满载而归。回到家里冲洗过后，放上一筒红烧猪肉罐头，就烧成了一道鲜美的蘑菇大菜。

草原上还产一种珍贵的“黄蘑”，这种蘑菇不是成堆生长的，要走很远的路才能捡到一个。当你远远地看到一个黄蘑，跑过去捡到手时，也是一种乐趣，一种收获感。打炮队的人从六厂区下班回来，也能捡到几十个黄蘑。杨忆淮是捡黄蘑的高手，星期天能捡半面袋，回到筒子楼放到丝网做的架子上在电炉上烤干，满楼都是黄蘑的芳香，把烤干的黄蘑寄回北京的家中，也算是孝敬父母的珍贵礼品。

草原真美。蓝天上，几只秃鹰在自由地飞翔，一圈一圈地巡视着自己的领地；低空中，几对百灵鸟在谈情说爱，唱着优美的舞曲翩翩起舞；草地上出洞晒太阳的小旱獭，探头探脑地双手拜佛，见到人又钻进洞里（离旱獭远点，这是鼠疫的传播者）；一群一群的尕拉鸡，飞起落下，落下飞起，成群结伴一大片。动物世界里一片和谐。

3. 青海湖畔

从六厂区翻过日月山，就是美丽的青海湖。青海湖是中国最美的五大湖之首，是中国的第一大内陆湖泊，也是最大的咸水湖。面积 4477 平方公里、周长 360 公里，湖面呈椭圆形，高空俯视像一片肥大的杨树叶子，湖面海拔高度 3260 米，平均水深约 17.5 米、最深处约 32.8 米，盛夏日平均气温约 15℃，是个避暑的胜地。

青海湖地处高原、地域辽阔、草原广袤、河流众多、水草丰美、环境幽静。青海湖四周被宏伟壮观的祁连山、峥嵘嵯峨的橡皮山，逶迤绵绵的南山、巍峨雄伟的日月山所环抱着，一幅湖、山、草原相连的秀美风光。夏季，当辽阔的草原披上绿装时，天高气爽、山清水秀，波浪起伏的大草原像是铺上了一块厚重碧绿的毛毯，小野花、牦牛、肥羊、骏马装点在毯上，青稞麦麦浪翻滚，大片的油菜花泛金连天，胜过江西婺源的油菜梯田，油菜花开、芳香四溢，碧波万顷、水天一色的青海湖真好！

湖中有座海心山，又称龙驹岛，面积约 1 平方公里，岛上岩石嶙峋，景色绮丽，以盛产龙驹宝马而知名；鸟岛位于湖西，面积只有半平方公里，但在春夏季节却栖息着十万多只候鸟，这里是斑头雁、海鸥、棕头鸥等的领地。早年曾到鸟岛附近去捡过鸟蛋，可以说是没有下脚的地方，现在已被隔离成了鸟类保护区；青海湖中生长的鳇鱼无鳞，学名“裸鲤”，困难时期曾救过基地人的命。每当夏天，青海湖鳇鱼会逆流而上，在数十公里的河道里产卵繁育，众多的鳇鱼挤满了河道，形成了“半河清水半河鱼”的奇特景观，中央电视台曾拍专题片报道。

青海湖美，美在自然。

在二二一时我曾几次陪同部队和外单位的同志到青海湖一游。但是，对很多在二二一工作和生活了几十年的人并没有机会到此一游，只能在中央台的专题片和环青海湖自行车赛赛事转播中欣赏这美丽的风光。

4. 兔子、狐狸、狼和马鹿

四厂区的围墙是按苏联的图纸建的，围墙高两米多，周长约八公里，墙上每隔一米多已预埋着角钢柱，每个柱上装有六个高压瓷瓶，是要架设高压电防护网用的，原设计墙外还有护城河。

这么大的封闭管理区，不做试验时除了警卫连战士是没有人进入的，这里就成了野兔等动物繁衍生存的宝地。夏天，从大门口到试验室的路上，经常会碰到穿过马路的野兔；冬天，几场大雪过后，这里已是白茫茫的一片，积雪最深处超过一米，浅的地方也有半米。这一天，下车后有人提议要打兔子，于是人们找到棍棒拖布之类的工具，排成一排向四〇二试验室赶去，一下子就窜出几只野兔来，人们提着木棒赶着、喊着，吓得野兔在雪地里乱窜，开始时还知道在雪少的地方跑，急了就慌不择路了，跑不动了，被陷到雪里了，让人轻易地抓到了。其实，那时人也快跑不动了，喘着粗气。那天，抓到两只野兔，成了黄胖子和蒋海桂的下酒菜。

平时，没有人的厂区，雪地上经常会留下动物的足迹，有人认出那是野兔、这是野鸡、还有狐狸等的印迹，跟踪发现狐狸经常出入在厂区围墙下的两个雨水口附近，有人下夹子、下套子，每年也能抓到几只狐狸。冬季的狐狸皮真棒，绒毛又厚又长，是做狐皮大衣的好材料，王师傅就买了八只狐狸皮做了一件皮大衣。

狼是草原上的常客，人们说有羊群的地方就会有狼，关于狼的传闻故事一直不断。最早听说三分厂的工人师傅们在野外捡到一只“小狗崽”，抱回到帐篷里养着，到了晚上，来了几只狼，围着帐篷转，不时地叫几声，这时人们才知道那是一只小狼崽，第二天早晨赶快放回草地，再也没有狼来了；又说，实验部有一对热恋着的青年人到大草原上去谈情散步，一下子碰到了四只狼，在前方蹲着盯着两个人，还是男青年有主见，坚持不能跑，你跑狼就追上来了，就这样对视着装着没事的样子往回走，狼还真的没有伤害人的意思，没有追来，只是事后有些后怕。

在四厂也遇到过狼，那是一个冬季下雪天，本来是想打兔子的，突然从远处跑出一只青灰色的狼。狼好像知道不会受到伤害，开始时就是顺着围墙慢慢地走着，后来觉得我们人多势众，才加速跑起来，一直跑到墙角处跳到铁梯子上越过原来墙角处的岗亭逃到厂外，向六厂的山坡上跑去，人与狼相遇也就是几分钟的时间。

其实草原本是狼的家，但狼不会主动伤人，那时尽管还没有野生动物保护法，人也不会主动伤狼，相安共处而居，所以没有一次狼伤人的事件发生。

那年春天，矿办的同志带着牧场的人找到总体室，说想在四厂区建个人工养鹿场，经请示同意把四厂区近四分之一的草地划作养鹿场。人们用铁丝网围成一块方形的场地，场地内没有试验室，只有一个废弃的热交换站。最多时养了五十多头马鹿，养鹿的人一个姓张、一个姓马，都是青海本地的汉族人。时间长了就逐渐熟悉了，场内的马鹿也不怕我们的汽车和人，每年割鹿茸的时候可以接两瓶鹿血泡酒用，有时我们还会用东北的人参和他们换些鹿茸、鹿角和鹿胎。鹿场建成后再也没有发生过马鹿被射杀的事件。偶然在山上的灌木丛中捡到野生的小马鹿，也会被送到养鹿场来驯养，鹿身全是宝。人和马鹿是朋友。

美丽的草原，草美山美、风光锦绣，动物世界的王国！

美丽的草原，百灵争鸣、令人陶醉，我们的第二故乡！

第十章　草原人家

运动远去、闹剧散场、平反昭雪、落实政策。草原上又恢复了往日的平静，勤奋地工作、激情地生活，电影院的笑声、筒子楼的邻里，还是“人之初、性本善”。

1. 近邻之间

该走的走了，该留的留了，该回来的又从四川回到了草原。

运动中，李觉将军为消除各派群众组织间的对立情绪，促使职工的内部团结，从来不表态支持某一派，有人说他是只会和稀泥的“八级泥瓦匠”。李觉风趣地说：我是行政干部、没有职称、更当不了院士，还是群众给我评了个职称“八级瓦工”。他伸出指头说：八级啊、最高级别了。将军以老红军的身份和带头住帐篷的榜样力量，亲力亲为、带领草原人坚持科研生产不放松。

1974年2月，中央派出以梁步庭为组长（后任青海省省长、山东省委书记），赵振清（后任上海市委常委、组织部部长）和刘书林（后任厂革命委员会主任、书记、二机部党组副书记、副部长）为副组长的中央联络组进厂，受到全厂职工的热烈欢迎，但是也曾被贴出一份“两步一停”的大字报。梁步庭说：有的同志拿我的名字开了一个玩笑，说联络组求稳怕乱，“两步一停”，我们就是要稳，不准乱。走两步、停一停、看一看、再前进，要走小步、不走弯路、不走回头路，有什么不好呢！现在厂里首先要治乱，要迅速恢复科研生产和生活秩序。

搬迁过后，人少了、楼空了，多数人都搬进了楼房。10栋黄楼（有人称专家楼）是两三户人家合住一套单元房，筒子楼多是一家两间房，一个阳面、一个阴面，中间的门横梁上放一块双层铁床板，是储放杂物的地方，楼道里支上一个自制的电炉子是炒菜做饭的地方。41#楼是总体室集中居住的地方，一楼和三楼也有几户是二分厂和三分厂的人。筒子楼的人从以前是去食堂买饭为主，到现在是开始自己过日子做饭了。

有了新的邻居，互相有个照应。那一年，我们第九作业队在基地出差，大年三十晚上，我爱人和邻居小张两个人是合伙吃的年夜饭、合伙包饺子。专列回厂时已是大年初一，我和庄明淮回到家时，她们两个人都不在家，隔壁邻居说她们两个人去二分厂食堂买饭去了。在食堂里还是别人告诉她们出差的人已经回来了，才赶快跑回来开门进屋。

盖鸡窝、挖菜窖是过小家的开始。邻居们三五结伙，借个架子车到已经没人住的半地下室干打垒住房去拆砖头、捡木料、拾油毡纸等建筑材料，在40#与41#楼中间的空地上盖鸡窝，不用图纸，在地上划个长方形、平整一下四边的地面就开工了。第一家盖的要砌四面墙，后边的只要砌三面墙，一个星期一家，很快就是一片鸡窝相连了。自己在中间再砌一面山墙，作个屋顶，就是一个野外的储藏室。挖菜窖的事更是靠自己动手了，好在多数人都有挖过战壕、猫耳洞的经验，对我们来说挖个菜窖，掏两个猫耳洞是小菜一碟。做个铁梯子，放上大白菜、红萝卜、大头菜和土豆就是过冬的菜了。

这就是筒子楼里近邻间最初的那些事儿！后来，经中央批准解决了800户农村户口的家属子女落户，厂里安排在三分厂的山坡上盖几排平房时，盖过鸡窝的人都成了砌墙的好手，当然更卖力气的是那些刚刚批准“农转非”的人，想到马上能把分居多年的妻子儿女带到身边团聚，就拼命地和泥、砌砖、上房梁、铺瓦片，一片热闹的建筑工地。

2. 买鸡蛋、养鸡、孵鸡

鸡蛋是凭副食供应本购买的，都是从内地运去的冷藏蛋，买到手时已经不新鲜了，有的粘壳、有的蛋黄已经发黑了。这样的鸡蛋也不是经常有的，什么时候到货什么时候排长队凭本供应。

1972 年 6 月，三个又要当爸爸的男人张师傅、大庄和我商量好到乡下老乡家里去买鲜鸡蛋。骑上三辆自行车，车后座上牢牢地绑着三个竹子的方筐。根据张师傅的经验带上一个打气筒、一根打狗棒和几十张一角钱的人民币就出发了。天气不错，迎着朝霞出厂，全是下坡路。骑行中说说笑笑，不知不觉中就到了下巴台公社岳家村，时间大约两个多小时。村里住房都是建在湟水河旁的小山坡上，坡很陡只能推着自行车进村。分头挨家挨户去收鸡蛋，还要防着别让狗咬着，老乡家养的土鸡蛋个都很大，六七个鸡蛋足有一斤重，每个鸡蛋都是一角钱。幸运时一个老乡家就有十个、二十个鸡蛋，有的只有三五个，不幸运时走半天奔到一家才一个，还好可以买只老母鸡。大约两个小时后，我们每个人都买到了一百多个鸡蛋，三只老母鸡，向老乡要些草料，一层一层地铺好减震、把筐捆牢，这可是新鲜的宝贝，回去的路上千万别颠破了，母鸡绑好两脚挂在车把上。回厂的路全是上坡驮着鸡蛋，走走停停，骑一段推一段，说实话很累，但是想到快要出生的孩子，想到月子里有了新鲜的鸡蛋和下奶用的老母鸡，互相鼓励着，就又有了力气，心中还是美滋滋的，天快黑了才骑回到筒子楼的家中。

不知是谁带的头，盖了鸡窝的人家几乎都养鸡。请住在西宁杨家庄的师傅带回十几只小鸡雏，用一个大纸箱子，底上铺上旧棉絮和草，上边挂一个100瓦的灯泡加温取暖，就是一个小小的养鸡笼子了。养鸡是大人们的事，也是孩子们的趣事，看着小鸡慢慢地长出小翅膀、小鸡冠子，孩子们会久久地蹲在纸箱旁，听着大人们争论哪只是公鸡、哪只是母鸡。一个月后，小鸡长大了，放到鸡窝里去养着，公鸡吃肉、母鸡下蛋，这些蛋是给孩子们吃的。

一年以后，下蛋的母鸡有的能自己抱窝孵蛋了，会发出特别的叫声，这时我们就会在走廊里用一个筐，底下铺上棉花或细草，放上十几个鸡蛋，母鸡自己就会到筐里。邻居会告诉你要先在灯光下照一照选择受过精的鸡蛋，还说根据他们的经验要多选短粗的鸡蛋，这样孵出来的小鸡母鸡多，瘦长型的鸡蛋可能公鸡多；有时家里的母鸡一个都不抱窝，自己就用一个纸箱，周围装上四个电灯泡做个电孵箱，同样放上鸡蛋，维持恒温，每天注意最少要翻一下鸡蛋，以使受热均匀，待到21天左右，有趣的奇迹发生了，听到纸箱里有啄蛋壳的声音，到近处一看，鸡蛋被鸡雏从里边啄出的洞越来越大，一只小鸡出来了，浑身毛绒绒的，非常可爱。这是孩子们最高兴的时候，叫着喊着“看！又出来一个！”

这里物资匮乏，养的鸡也是很吃苦的，什么剩饭、剩菜、烂菜叶子、白菜帮子、西瓜皮、水果皮都吃，最新鲜的食物是每年夏天去挖些野菜，主饲料是粮店供应的麸子皮，可以用粮本上的粗粮定量排队购买。如果下了软壳蛋，还要把吃剩的牛羊猪骨头用电炉烤干，用锤子砸成粉末参到麸子里喂鸡，鸡蛋皮也是补钙的。

3. 筒子楼的乐趣

晚上，家家灯光明亮，筒子楼里一片童声笑语，南腔北调，公用走廊里人影穿梭，谁家今天炒个新鲜菜，也会引来围观，满楼飘香。孩子们更是闻香而动，在别人家吃饱了才回家来，甚至会说张阿姨家的馒头比咱家的好吃，其实都是在二分厂食堂买的。

“运动”过后，遭遇过劫难的人们，特别珍惜邻里的友情，远亲不如近邻吗！那次，吴主任的爱人冯大夫生小孩大出血，马秀芳等几个是O型血的年轻人马上跑到医院去献血，每人都抽了200毫升，挽救了大人孩子的生命；三楼大郭的爱人生老三，非常快，让人措手不及，我们四个男人把她放到一床棉被上，一个人提一个角抬着人一溜小跑奔到医院，孩子差点生在路上；小张的儿子不小心把手扎破了，住在二楼的尤护士长，用自家常备的酒精、碘酒消毒，绷带包扎止血，再送孩子去医院处置、打破伤风疫苗……筒子楼的人，信息快捷，谁家有事都会全力相助。

住在三楼的大王，大家都叫他“老革命”，因为他是五三年的老兵，很早就转业到地方了，是描图组的组长，能写一手标准的楷书。两口子都是山西人，发鱼票买了两条黄花鱼不知怎么做，山西人从来不吃鱼，就跑到二楼上海人小程家来请教。大王非常认真地带来个小本本，详细地记录了洗鱼去鳞、配料和做鱼的全部程序，第二天下楼说，第一次吃到自己做的鱼，感到味道真好。我们也会向山西、河南人请教怎么做面食，自带面粉到压面条的地方换上几斤切面，回来用手卷成烧饼样的卷，在电炉上烘干，就成了自制的挂面。

年三十，筒子楼里更是喜气洋洋、热闹非凡。二楼的邻居们相约开个百家宴，每家做两三个拿手的地方菜，把餐桌摆在走廊里排成一排，晚上七点钟准时开宴。上海人的清蒸鱼、大馄饨，东北人的小鸡炖蘑菇、酸菜炖粉条，西北宁夏人的馓子、红烧羊排，四川人的回锅肉、泡菜，浙江人的肉汤圆，河南人的大馒头……摆了满满一走廊，东西北南、香味齐全，孩子们穿来跑去满脸童趣，专找新鲜的吃；大人们，举杯互祝新春：工作顺利！身体康健！合家欢乐！万事如意！

4. 王母娘娘的仙桃

高原上出生长大的孩子小时候真的好苦，严寒缺氧极大地影响了他们的发育成长，长年吃不到新鲜的蔬菜、水果造成维生素缺乏营养不良，唯一能吃到的是八一二二部队牧场产的奶粉，每人每月供应的二斤大米和二斤白面还不够孩子们的主食，内地好多种水果这里每年运来一次，到商店里买两瓶橘子水要掺上十倍的白开水，那是孩子们的饮料（那时是真的橘子水），想吃水果就只能买瓶水果罐头，冲一杯麦乳精，孩子就很知足了。

所以，每次到内地出差时，我们这些做父亲的男人就是采购队员和驮夫，因为厂里什么都缺少，见什么买什么，能扛多少买多少，特别是“进口”物资。记得一次我和大李、小程去上海出差，上卧铺车时一共携带了十三个旅行袋，基本上都是吃的。上海里弄里的一个小粮店的富强粉挂面被我们一扫而光，其实粮店的人也很高兴，因为我们是用全国粮票购买，全国粮票是带有食油定量的，那种挂面并不是上海人喜欢的品种，算是我们三人替粮店清仓了。当然，旅行袋里还有白糖、大白兔奶糖和方便面

（那时方便面是刚有的新食物），小腊肠、鸭胗肝和各样的饼干等也都塞得满满的。进出站时是轮换着进出的：第一次一个人看包、两个人每人带三个旅行袋，肩上搭两个、手上提一个，到地方放下六个包一个人返回一个人看堆……几次才把包提完。那时上海到西宁的直达快车是隔日运行的，列车员也都是青海的，知道在青海生活不易，有时还帮着你看包提包，其实他们每次跑车也都有采购任务。

1973 年 7 月 2 日（星期日），我们的二儿子刘嵩还差二十天才一周岁（起名"嵩"，就是留在高山上的孩子，与他哥哥留在远方对应）。天气不错，晴空万里，早晨起来就带他到楼下玩，由于长年穿着毛衣毛裤、棉衣棉裤，快一岁的男孩还不会自己走路，要大人拉着一只手或者扶着墙才能走几步路，看着他蹲到地下，用手抚摸着暖气沟出口处刚刚发芽的小绿草，也会开心一笑。

邻居说，副食商店来了一批水蜜桃，送回儿子快跑到商店去买桃。副食店门前已经排了两队，每队都超过一百人，都是为了孩子来买桃的，因为水蜜桃每年才运来一次，除了苹果和鸭梨之外，这是稀有品种，这个桃排多长时间都要买到。还好为了让大家都能尝到新鲜，副食店限制每人 4 斤桃，每斤五角钱，准备好两元钱耐心地排队等着吧。秩序正常，人们还没有加塞的习惯，前边买到的人脸上带着笑容回家，后边的人盼着能买到桃就好，大约排了三个多小时，买到了4斤水蜜桃，兴高采烈地往家跑，赶快洗干净让儿子尝尝鲜……突然发现戴在左手腕上的瑞士罗唐纳牌日历表不见了，清楚地记得带着孩子下楼时是戴着表的，肯定是买桃时乱挤掉到商店了，跑回去问副食店的刘副主任，说没有人捡到，还说别急，写个寻物启事贴在门口吧……结果是买了4斤桃丢了一块瑞士表。后来，有人见到我调侃说："你是花了262元钱（表价260元），买到4斤桃，你买的是王母娘娘那三千年才结果的仙桃会上的仙桃吧！"好吧，就算孩子吃到了仙桃，王母娘娘保佑他长命百岁吧。

后来，到基地执行任务，用了几个月的保健补助费又买了一块瑞士英纳格牌手表，算是买仙桃的纪念物吧！

5. 天然大冰柜

草原上常年低温，自来水平均温度不到5℃，夏天，买来的冻猪肉、冻带鱼、冻鸡等就放在盆里在公用水房里用长流水解冻，那可是天然的矿泉水，太浪费水资源了。冬季，这里就是一个天然的大冰柜。

每年11月以后，牧场就开始杀牛宰羊了。最早是每个职工分发一只羊、30斤牛肉（带骨头），后来是象征性地收费，每斤几毛钱。还可以自己花一元钱去买一副羊的头蹄下水，花八元钱买一副牛的头蹄下水。

12月，每个办公室就成了分牛羊肉的场地，羊肉好分，称重后每只编号抓阄分；牛肉就要自己动手剔骨取肉了，每个单位都有剔骨的能人，三下五除二剔完了，为了公平，有人会负责把不同部位的牛肉均匀地放在不同的号位上，也要抓阄分，牛骨头则随便分放到堆上，动刀剔肉的人、动斧头砍骨头的人、分肉称重的人，分工明确，非常热闹。

那几天，家家做手抓羊肉、煮牛骨头汤，楼道里一片膻气。公用水房里洗牛羊下水的人，弄得牛粪羊粪味，就像进到牧民的牛羊圈里。那时还没有冰箱、冰柜，把用纸包好的牛肉放在阴面的窗户外边，把半只羊放到鸡窝里，就可以过冬了。

我每年都要请蒋海桂到牧场去买一套牛下水，去毛、清洗、分割都是他的活，我只要半个牛肚子，其他的都归他所有，那就是他年前年后的下酒菜了。半个牛肚切成几块分几次在高压锅中加工成熟牛肚，我也可以吃到来年三月。有时，我们俩也会在家中吃羊肉、啃牛骨头，学着藏族同胞的样子喝酒吃肉，好爽快。

许多人在草原上生活了几十年，还嫌牛羊肉的膻气，不爱吃牛羊肉。现在冬季，花几十元一斤买点牛羊肉吃，反而说没有那时的味道好吃，也不嫌膻气了。

6. 兄弟！醒醒！

1984年秋季，正在四厂区进行着一项定型试验任务，一个月前我被任命为室主任，把全室的人分成四组安排三班倒轮换。一个星期天近中午时，我正在试验室带班测试中，突然接到职工医院的电话，说你们室的许凤斌突然昏倒，正在抢救中，请你赶快到医院来。乘试验倒班的轿车赶到医院时，医院还在全力抢救中，接诊的是内科的蒋志勇医生，副院长和内科主任都在现场，经过抢救处置，呼吸、心跳等体征都已正常，就是昏迷不醒。会诊时多数医生认为是脑溢血，少数医生说也可能是脑血栓，到底按什么病输液、给药是很慎重的事，有人说这两种病的症状差不多，用药则完全相反，用错了会出大事。当时，这种病在医院也是首例，他才40多岁，院长和主任判定是脑溢血的可能性更大，但是要家属或单位领导签字同意。许凤斌的家属刚刚解决农村户口到厂落户，早就被吓得没有主意了，作为室主任只有我签字了，这是要负责任的事，但救人更重要。输液、用药，院长说最好能用安宫牛黄丸，但是要厂领导签字才行，我又跑到医院对面黄楼的王菁珩厂长家，批了五粒安宫牛黄丸，后来又找到张秀恒书记批了五粒安宫牛黄丸，医生说那可是救命的药丸。

许凤斌，福建莆田人，1965年天津大学无线电工程系毕业的优等生。人聪明内向、话不多、善于学习，能熟练地使用丹麦的那套测试仪器进行冲击、离心试验的测试，是室里的技术骨干之一。那天出事时，是到副食商店捡白菜帮子喂鸡用，当把多半麻袋的白菜帮往自行车上搬动时，自己一下子就昏倒在地。

许凤斌住在内科病房里，其实就是个植物人了。氧气是用管子输进去的，进流食也是用管子输进去的，每天要派人到牧场去取一小桶牛奶，用兽医用的粗针管喂食。

一边是正在紧张有序地进行着的试验，人要轮班；一边还要轮换派人到医院去护理病人，任务是取奶喂奶，翻身配合医生治疗。真的有些累，家里的事都交给爱人了，心中想的就是一定要救活他，因为他是我兄弟。

一个月后，试验结束了，但病床上的许凤斌还是老样子。到医院去看到医生查房，用针头扎手指、脚心和身上，还是一点反应都没有，但是呼吸系统、消化系统都正常，好像睡得很香，每天喂牛奶和稀粥人也没瘦，和医生讨论时，他们说还是大有希望的。每次去病房看他，心中都在喊：兄弟，醒醒！醒醒，兄弟！

清楚地记得，第45天的上午又去病房探视，也学着医生的样子，用针头扎他的手指、脚趾，当扎到他的右脚心时，奇迹发生了，他的右脚似乎动了一下，再扎又动了一下，赶快喊来值班护士和医生确认，是真的有反应了，几十天的辛苦和惦记盼的就是这一天……他慢慢地醒来，睁开双眼、动动手脚。这时他爱人带着儿子一下子跪到我和医生面前，哽咽无声，眼神中传递着谢意。别谢！我的兄弟醒了就好！

经过一段时间的康复训练，许凤斌能下地走路了，尽管那只左脚还有些瘸，那只左手还有些僵硬，但是能基本自理了，能到办公室来上班了，真的为他高兴，受苦、受累、担责任值了。

这就是我们草原人，不管是南方人、北方人，不管是哪个学校毕业的人，不管是哪个单位的人。

在北京我们有个“二九联谊会”，每年都要举行一次年会，出版一期会刊。有人说局级单位在北京有几百、上千个，怎么只有你们在北京有个“二九联谊会”？我们说是因为那段无法忘记的历史，值得回忆的经历，因为我们是兄弟，因为我们是曾经在金银滩大草原上工作生活的草原人。

“二九”（京廊）联谊会第三届第一次会议全体合影

第十一章　弹头“神州行”
——“东游记”

1975 年 7 月 24 日深夜，一趟特别的军运列车从二二一厂铁路编组站发出，车上装着一发完整的东风×号核弹头，站台上只有几位厂领导送行，挥手致意、一路顺风。

1. 神秘的列车

这是一趟神秘的列车。一是车上的多数“乘客”并不知道列车的终到站名，只知道大概是去东北方向××市附近；二是列车的军运号是“9901 次”和“9902 次”，这已是军列的最高级别号，据说如果再加一个“9”字，就是毛主席、周总理和中央首长的专列；三是列车其实早已在铁路编组站待命，人员早晨就已在车上就位，并在胸前配戴了一枚用于识别的毛主席纪念章，但是谁也不知道发车的准确时间。

远看，军列和普通的客运列车没有什么差别，编配有绿色蒙皮的硬座车、硬卧车、软卧车和餐车。

近看，列车的编组顺序与普通客车完全不一样。这趟列车没有行李车，硬卧车又不是连在一起的，有两节硬卧车挂在列车的尾部；餐车挂在倒数第三节，不是在中间的位置上；更奇怪的是它的硬座车也不是连在一起的，而是硬座车、硬座车、硬卧车、硬座车、硬卧车……软卧车、硬座车、硬座车的杂乱组合；还有除了后边的两节卧铺车和餐车外其他节车厢的窗户都是拉上窗帘的。

但是，外人是无法靠近专列的，无法近距离观察到这神秘编组的神秘列车。

2. 特级运输、安全第一

军列上的弹头是要去完成在国内第一次实施的一项全新的定型试验项目。

依据年前编写上报批准的试验方案，对试验实施的方法、步骤和程序等都进行了明确的安排。

这是一发与××批战斗弹同批生产的抽检试验弹头，出厂前已按规定完成了全面质量检查。还安排在二分厂的二一五车间进行了试总装，这时的二一五车间已经加强了保卫保密安全措施，原来能凭工作证进入车间的人员中还要凭试验工作队的名单才能进入。检查结论是全部性能质量合格。

质量报告单签字存档、拆装分解、装箱封存、待命。

试验实施大纲中详细列出了装车计划和列车编组计划。装车计划是依据各部组件箱的尺寸、重量合理配装装车，并绘制了各节车厢内的装车位置图和固定方法，吊装的先后顺序也是严格规定的；编组计划首要考虑的是材料的性质和安全防护要求，确保核心部件、核材料部件、火工品和炸药部件、控制系统等不同性质材料分别装车，达到安全隔离的要求，通常硬座车是用于隔离的车厢。装车工作在 11 厂区和 12 厂区（上星台）完成。

列车的最后编组是在厂铁路编组站完成的。

为了确保专列运输的绝对安全，根据总参军调部和铁道部指令，事前已对厂属三十八公里的专用铁路和专列途经沿线铁路中的道岔、桥梁、涵洞等进行了详尽的安全检查，并安排专人值守。

傍晚，西宁铁路分局的副局长、铁路公安处的处长和

二二一厂“上星台”

运转车长凭介绍信上车，其实他们只负责管辖内路段的安全运行，只知道这段的运行时刻表，并到交接站与下一个局交接。

一路上为保证专列的运输安全，各路局都在专列的前后安排一列货车或普通客车作为压道车或隔离车。

防止意外，安全第一。

3. 公路上红旗飘飘

深夜，列车缓缓启动几乎让人感觉不到振动，火车司机是经过严格政治审查的技术高超的司机，唯一能看到的是车头射出的一束强光在高原上闪动。

研究所试验小组的人员早已在装有温度、相对湿度、振动、冲击等测量传感器的车厢中上岗监测，各测试仪器早已通电预热启动，任务是负责完成专列运输中的启动、过道岔、平稳加速、过涵洞、桥梁、山洞、刹车减速、停靠站等的环境参数测量。初始核辐射剂量的测量已经完成。

作为试验课题的负责人，我把自己和张庭芳、段春贵三人排在第一班，确实感到责任重大，因为这是一次全新的试验项目。好在专列的尾部卧铺车厢中二二一厂总工程师苏耀光、研究所所长黄祖荫都在坐镇指导，厂保卫部的刁有珠部长正在专列上指挥安全保卫工作，想到这，心中平静了许多。

到达兰州西站时已是后半夜，这是第一个停靠站。专列停稳后，厂警卫团一个加强排的干部战士全部下车警戒，把专列的前、后、左、右全部包围起来，每个人都是背向专列方向，这是第一道警戒线。厂保卫部的干部们是第二道警戒线，多数是面向专列两眼紧盯着产品车厢。各产品车厢上的人是另一道防线。透过夜幕下的路灯，你还会隐约发现一站台上和隔离站台上还有人在站岗值守，那是铁路公安干警的防线。其实站台上没有一个旅客。通常兰州西站是我们到新疆去执行国家核试验任务的转弯站，这一次借着夜空的掩护，专列再启动时已是向东驰去。

第二天上午当列车呼啸着穿过宝鸡车站时，与火车道平行的公路上的情景至今难忘。只见每个电线杆旁都有一个解放军战士和一个民兵站岗，可谓是“三步一岗”“五步一哨”了，十几辆军用三斗（轮）摩托车在路上巡逻，车上的战士、机枪、红旗往来穿梭，气氛紧张。这真是：公路上戒备森严，朝霞里红旗飘飘！

4. “牛鬼蛇神”集中与三个人的车站

列车在宝鸡至天水间运行速度减慢，这一段是穿山越岭，一个山洞接一个山洞，上桥过河再穿山洞、再上桥……，但对我们试验测试人员来讲，这段是最忙、最紧张的时候，还好，测试仪器和测试数据记录一切正常。

傍晚列车快速通过西安站后在灞桥火车站停车，这是一个专列补给站。各节车厢水箱加水、餐车补充鱼、肉、蛋等副食品，专列急需的新鲜水果蔬菜一筐又一筐。这一站停车时间很长，除值守人员外，工作队允许人们下车散步、伸腰做操、活动筋骨，恢复体力，以利继续前行。正是三伏天，西安特别热，对于西北高原人，真的体验到了中国的“三大火炉”之一。站台上是热浪滚滚，人人汗流浃背。

正值阶级斗争的年月。西安局的同志说，他们在列车通过和停靠前，已安排沿线和车站附近的地、富、反、坏等“牛鬼蛇神”进行集中学习、思想汇报，其实是由专人负责把他们控制起来进行“管制”。

后半夜，列车在人们熟睡中驶出灞桥车站向东奔驰。正常运行的列车都是沿陇海线进潼关、过洛阳、郑州转向沿京广线北上……

拂晓时，铁路沿线大雾弥漫，当太阳出来的时候才看清列车已经跨过风陵渡黄河大桥到了山西境内，随车的已是山西铁路局的同志。沿着黄土高坡一路北上，穿运城、过榆次到太原站停车时又是傍晚华灯初上时，站台上灯光明亮又非常的宁静。下边的路怎么走？不问、不说，这又是秘密。列车再次启动时是向南反方向的倒行，回到榆次火车站后左转弯向东，经石太线向石家庄奔去。

午夜，列车穿过灯火通明的石家庄火车站没有向北而是继续东行。当列车刹车减速时是稳稳地停在石德线上的一个五等小站上，漆黑的夜晚，一个小站、两盏昏暗的照明灯、三间小屋，下车仔细辨认才看清站牌是“前磨头”。据说这仅仅是一个三个人值班的小站，平时只有慢车停靠。为保障专列的停靠和保卫工作，铁路部门是从衡水、辛集等附近的几个火车站临时调来的民警，这给我们的专列内部保卫人员增加了不小的压力。其实，就是停在野地里，村庄很远很远，隐约可见少许的灯光，宁静中听着蟋蟀“嘟嘟！嘟嘟！”的叫声……好美的夜空。

5. 啤酒与西瓜

7 月末正值三伏的中伏季节，车过西安时就领略了中国“三大火炉”之一西安的炎热难忍。对于长年穿着秋衣秋裤、毛衣毛裤的高原人来讲真的是热、热、热！已经是大汗淋漓、内衣都湿透了，谁也没想到的是石家庄的天更热，电风扇不管用了，茶水已不解渴，车上的水果早就吃光了，车厢中的水箱控制使用，首先要保证产品车厢的温度符合技术要求。

车过石家庄站时有人通过铁路部门的通讯联络方法请总参军调部门给解决一些防暑降温饮料、啤酒等，上级一直没有回话……军列到达德州站时站台上已经准备了几推车的西瓜，还有一筐德州扒鸡。车站和运转站长特别告诉我们说这是总参安排的，但还要特别转告我们，上啤酒是违规的，你们执行这么重要任务的途中是不许喝酒的，特别是当班值勤人员绝不许可，对此给予严厉的批评。批评是严肃的、纪律是必须遵守的，但当你吃着香甜可口的德州大西瓜时，心中还是很高兴的，谢谢上级首长们的关怀。

经德州转弯北上，沿京沪铁路，清晨过天津西站再右转弯向东沿京沈铁路，出山海关一路向东（其中有一段还是“毛泽东号机车组”牵引的），进入东北我的故乡。

这种运行路线的安排是为了避开人口密集的河南省郑州火车站，避开铁路运输繁忙的京广线，特别是要绕开首都北京，以防万一，以保沿途安全。

6. “丢人”和“怕死”的人

沈阳军调站是最后一个补给站，站台上一个闲人都没有，远处隔壁站上有个长条形的水池，两边都装着十多个水龙头是供来往军车上人员洗漱用的，这真的是一路上最充足的水源了，男人们都争先到水池边去洗脸、洗脚、擦背、冲凉，好痛快。

列车开动后，有人发现大王和小张技术员还在冲洗，没有乘上车来，他们漏乘了，这是一件“丢人”的事件，苏总非常恼火。

当沈阳站的军事代表发现后，立刻上报并与沈阳调度室通报联系，沈阳站的回应是，这样级别的军列漏乘是少见的，并立即调用一台火车头载上他们二人从后边追来(其实他们站也有责任)。二人上专列后挨批是肯定的，苏总严厉地批评了二人，并立刻在卧铺里临时召开各试验小组长会议，要求各组长管好自己的人，刁部长说绝不能再有类似事件发生。

列车在长白山的林海中穿行，天蒙蒙亮时停在密林深处的军用站台上，这是一个专门的装卸站台，只见一线天上云层很低，列车在云雾缭绕中，凭借站上的探照灯隐约可见供卸车用的两节平板车已经在轨道上就位，两侧都是高高的山崖，围腰粗的松树林立、松枝苍苍，真的抬头也望不到天空。

卸车、吊装、汽车编组……一切按预案进行中。

下火车时，突然感到膝关节痛疼难忍，是用双手搬动着两只腿下来的，但是还是强忍着卸下所有的测试仪器设备。(医生说这可能是进山时气温骤变而受风寒所致，也可能是低血钾、低血糖)

进入坑道时，多数产品箱件是用铁道平板车运输的，只有少数几件是用人工搬运的，前边一分厂的小杨师傅双手抱着雷管包装箱稳健地行进着，离存放间不远时，看见他好像绊倒了双腿跪到地上，胸前双手还紧紧地抱着雷管箱，几个人跑上去从他手中接过，这才避免了一次意外事故。事后有人说小杨师傅是个“怕死”的人，我知道他也是双膝痛疼、双腿松软所造成的，他用双手保护箱体没有掉下的行动已经证明，他不是“怕死”的人，应该表扬这位瘦弱的小杨师傅，一个不怕死的小杨师傅。

7. “东游记”戏说

长白山里的天气，千变万化。刚刚还是烈日晴空，转眼间倾盆大雨袭来、淋透全身；这个山沟里是太阳高照，隔壁山沟里是乌云密布、电闪雷鸣；气象站的战士们说这就是山区小气候的分布特点，有人编顺口溜说：“七月大、八月大，十天九下，就一天没下，还滴滴答答……”在这里气象兵们可谓神通广大。

当时工程建设缺项，工作队只能在汽车库里安装手套箱，加装临时的防护措施后完成核心部件的装配检查。

拆箱、总装、转运，一发试验弹头已在试验场地就位，各监测、测试仪器也已安装完毕，初始检测数据表明，一切正常。

有一天，当我们乘坐两辆解放牌大卡车返回驻地时，天气真好，太阳在笑，难得的大晴天。年轻人们在车上说着笑着、唱着革命歌曲、高声喧闹，试图释放前期的紧张和辛劳，顺着太阳光可以清楚地看到试验领导小组的三位领导乘坐的212北京吉普车。上山了，车队沿着盘山公路行驶，四级沙石路上，小车后边扬起一缕缕小小的灰土，大卡车后边则是烟尘沙土滚滚。突然，小张指着下边盘山道上的小车说："看，西游记！"小李技术员说："不，是东游记！"刁部长还抬头向上看了我们两眼，也许在想，年轻人们，怎么那么高兴？车上一路笑声不断，人们指指点点。

向下方细看，我当时的解读是：吉普车上开车的司机是部队的小孙同志，浓眉大眼、精干强壮，两眼注视着前方，好像随时准备打死山里的妖魔鬼怪；苏总师稳坐在副驾驶的位置上，闭目养神，好像念着无声的经文，小家伙好好开车、注意安全；221斤体重的黄所长穿着敞开的衬衣，下边露出白白的肚皮（扣不上），想着今天晚上可要解解馋大吃一顿了；高大秃头的刁部长正挺直腰杆，想着挑起试验队保卫工作的担子，责任重大。

车到驻地，笑声停了。刁部长看着我们诡秘的眼神说："你们闹什么？"张克林师傅实在憋不住了，说道：他们说"西游记"里的师徒四人都坐在你们小车上，今天上演的是"东游记"，你看司机小孙是孙猴子，苏总是唐僧，黄胖子是猪八戒，精明的刁部长笑着说："那我就是沙和尚了！"又是一片笑声。

试验开始后，责任全部落在了我们试验小组的肩上。

每天用近二十分钟的时间沿着山沟里的羊肠小道到场地去完成产品有关数据和环境参数的监测记录工作。回来的时候沿着小河顺山而下，欣赏着秀美的山川风光，捡松蘑、木耳，摘五味子、山葡萄，蒋海桂经常爬到树上去勾猴头菇、到山坡上去找野人参（据说几年前战士们找到过），在清澈见底的小河里抓小鱼、小虾和蝲蛄，用军用小铁锹挖党参、捡山核桃……每天都有收获，也算是当地老乡说的"小秋收"了。经常遇到穿小路而过的野兔和号称"野鸡脖子"的蝮蛇，看见受到惊扰而从草丛、树林中"扑棱扑棱"飞起的野鸡、斑鸠和鹧鸪，还有几次碰到正在水边饮水的几只狍子飞奔而去，战士们叫它们是"傻狍子"，受惊跑去后还会回到原来的地方，它们不知道也许猎人们正等着呢！……山真美，秋天的长白山更美。

部队还专门安排了一次连里炊事班和试验队的射击对抗赛。步枪卧式每人十发子弹，结果是刁部长的成绩最好，打了九十多环；黄所长的成绩最差，只打了四十多环，有三发脱靶，但居然也有一个十环，战士们评论说他是射击要领全懂，就是太胖了趴下大喘气，这个成绩就不错了；我打了七十八环、蒋海桂打了七十七环。手枪是体验射击，我是一发六环、一发脱靶，脱靶的那发打到了不到三十米的地方，觉得“五四”式很难控制，劲大、沉头……

试验获得圆满成功，为定型提供了完整的试验数据和明确结论。

1978 年，“756”试验课题获得了全国科学大会奖，获奖名单是：苏耀光、黄祖荫、刘书鹤、蒋海桂等七人。

遥想四十年前“东游记”的有趣故事，至今仍心情激动，仿佛就在昨天。

苏总已经仙去，祝活着的人，健康长寿！

第十二章　中国的“拆弹部队”

看美国大片《拆弹部队》，那惊险、刺激、充满悬念的一个个镜头……啊！这事儿我们也干过，而且拆的是核弹头！

1. 特别任务

1977 年 8 月接上级通知，第二次、第三次国家核试验的剩余三发核航弹（备品）退役，其中 2923 两发、596L 一发，二二一厂负责完成核装置长期储存后的威力效应、退役分解技术方法、安全性能等的研究，要安排一次爆轰出中子试验，就是说要打“65”炮。由于 T/Γ 炸药长期储存后已发生不可逆胀大，俗称“发馒头”，炸药球已经粘到一起了，必须对炸药球进行分割处理，方法就是用大铜锯拉开。

2923 核航弹

因为核弹头储存研究课题是总体室四室的任务之一，这三发弹头是非常有学术价值的试件，可为核弹头延寿提供珍贵的实验数据，所以切割炸药球的任务下达给了总体室和二分厂。

这是一项危险的操作，二分厂曾发生过类似的切割爆炸事故，在炸药分厂安排切割，安全防护问题较大。经过多次选点论证，切割现场选定在四厂区的四〇二工号装配大厅内进行。

四厂区远离总厂生活区，面积约 2 千米×2 千米，四〇二工号是完成高、低温等气候试验的工号，面对总厂的一面原筑有一道防爆土墙，其他三个方向没有防护，对现场操作人员和参试人员的安全也无十分把握。好在四〇二工号原设计就是防爆的，周边四个避雷针、泄爆的“Z”字型走廊、静电接地等设施齐备；还有可远调、远控的工业电视可做远程监视，有有线对讲机通讯联络系统，万一出事可尽量减少损伤。安全第一是这件任务的关键。

2. 榜样的力量

这是一支由总体室、二分厂、技术安全处等单位临时组建的拆弹小分队。为了确保安全，二分厂、总体室制定了分解切割的实施技术方案，详细地规定了相关操作程序和工艺要求，特别严格地规定了防静电、切割用具、切割频度等措施。

拆弹小分队的组织领导人是总体室的黄祖荫主任（叫他黄胖子、体重 221 斤）、厂保卫部的刁有珠部长，成员有二分厂技术科副科长李雪诗、沈顺康和二〇三车间的杜庆德、张克林两位师傅，总体室的潘长春、我和蒋海桂、郑仲科、孙盛捷等 16 人。

总体室四室完成了场地的清理准备、四处避雷针接地电阻和四处静电接地电阻的测试、15/5 吨防爆吊车的安全检查、工业电视机和对讲机的调试工作。

现场负责拉大锯的是杜庆德、张克林两位有经验的老师傅（这是二分厂经过挑选确定的胆大心细、认真耐心的两位)，杜师傅是二〇三车间装配组组长，张师傅曾多次参加过厂外试验的分解、再装工作。

本来预想方案中是除了两位操作手和一名技安员在现场操作之外，其他人一律撤至远控间，结果是黄祖荫、刁有珠、李雪诗三人坚持一定要留在现场“坐镇”陪着师傅们。四〇二大厅里，三把木椅子、三个人，陪着两位师傅拉大锯。榜样的力量，情深意长！

撤到一墙之隔的远控间，我和蒋海桂调试好两台工业电视机的摄像头和监视器，一台视野是整个切割现场全景，一台是正对着两位师傅的近景，工业电视可以上下90°、左右270°旋转，能监视到切割的全过程；两部对讲机开通，潘长春、郑仲科、孙盛捷等负责数数和联络工作。

一切准备工作就绪！

3. 生死二小时

现场短暂的宁静，监视器上可以清楚地看到装配大厅的无火花防爆水磨石地面上铺着几条棉毛毯，596L主药球已平稳地吊装在托架上，两位师傅带着“手铐、脚镣”(防静电防爆的俗称）二根接地线延伸连接到工号的接地棒上，第三条接地线粘到药球上，二个消防栓的水龙头、八个干粉灭火器整齐地备在36m^3试验室的墙边。

三个“坐镇”的人表情严肃，二个操作手沉着淡定，这场面，真酷！

黄胖子和二位师傅间的一个眼神，就是开始的指令，拉大锯开始了！这一瞬间心情是紧张的，电视镜头对准着这两双手、一把铜锯、主药球，当一缕杏黄色的炸药粉末落下时，人们的心情好像缓解了一些，但弦都还绷着。

两个师傅拉大锯，看似非常简单的重复动作，其实危险随时可能发生。我拉过来、你推过去，你拉过来、我送过去，从两位师傅的脸上看不出丝毫的紧张和激动，真的非常了不起！而我们则是非常的担心，除了铜锯的声音，似乎可以听到自己的心跳声，所有的人目不转睛，双眼紧紧地盯着那把大锯和药球的接触处，细心地观察着。

郑仲科数着每分钟的锯数，有一次每分钟刚超过了一下，他就在对讲机里小声地提醒：“师傅，再慢一点！”声音小得像蚊子声，就怕影响师傅们的情绪。安全第一！说起来容易，做起来就不易，万一是非常可怕的后果，两个拉大锯的人，锯着炸药心情是那么平静、动作是那么标准熟练、节奏又是那么平稳，真的令人敬佩！

监视器里可以看到三个“坐镇”的人，六只眼睛一刻也不离开那个药球，看着那越来越多的炸药粉末，镇定的表情给师傅们一个“坐镇”的榜样、一种力量、一个定心丸。监视器里还能看到两位师傅的头发里、脸上有些炸药的粉末，没人去理会，坚持就是胜利，确保全过程的安全，那点粉末算什么……

当拉到最后一锯时，主药球在规定部位被完整地锯开，时间是二小时整。这惊心动魄的二小时，生死考验的二小时，是对拆弹小分队、特别是两位师傅的献身精神、坚定意志和团结协作的严峻考验，我们成功了！

依据退役处理预案，总体室六室完成了一发“61”炮、一发“65”炮的实验，实验数据表明，储存××年的第一代核航弹仍能满足点火要求，为储存研究课题提供了非常宝贵的实验资料和实测数据。

一个临时组建的拆弹小分队完成了使命！

第十三章　带着弹头“漫游”——“南巡记”

1978年4月到1982年6月的四年间，二二一厂试验工作队带着弹头到南方部队阵地分别完成了784、784-2A、784-2B、784-2等一系列试验任务，也发生了一些难忘的事儿。

1. 南巡列车

南巡时都是“8”字头的军列。784试验时是带着一发弹头，784-2试验时带着两发弹头，其中一发为分装状态、一发为总体弹头，带着整体弹头在铁路线上运输还是国内第一次试验考核，有一定的安全风险。

这一系列试验都是超战术技术指标的研究性试验，以提高部队的作战使用能力。

在专列上坐镇指挥的试验领导小组成员是谢平海副厂长（兼副总工程师、留苏时与叶选平是同班同学）、研究所的黄祖荫所长和保卫部的洪寿元部长。由于测试参数和测试仪器数量的增加，我们四室的半数技术人员几乎都在车上，值班时是一专多能、分工协作。

专列上的参试人员最多时有150多人，据不完全统计，四年中厂机关和各分厂有近600多人次参与了这几项试验任务，有人要在半年、一年定期复检时到现场工作，大部队撤场后要有留守人员值守完成日常监测检测任务。

试验工作队配有北京212型吉普车一辆（新车）、大轿车一辆、解放牌卡车一辆、丰田客货小车一辆（买菜等生活用）。所以，南巡列车有时是混合编组的军列。

从专列的铁路中转站到试验现场都有100多公里的公路运输，最多时要途径一个市、四个县，沿途警戒任务繁杂，事前部队已与各市县的公安部门进行了通报协调，分配了不同路口的责任区。卸车后组成的近二三十辆车的汽车运输车队，出发前部队已派出两辆警卫人员的专车，沿途在重要的交叉路口布岗值守，车队通过后再上最后的两辆收容用车收兵随行。

洪部长和部队的保卫人员乘在一辆小车上开道，谢副厂长和黄胖子坐在第二辆小车上，我手持出厂前刚配发的对讲机（那时已是最先进的通讯联络工具了）坐在×××型弹头调温结合车上，本来在厂里试过对讲的直线距离有近2000米，在南方的山区里则是信号很不稳定，时通时断、声音时大时小。弹头就装在结合车上，看得出部队的驾驶员有点紧张，这是第一次运真弹头。“别怕，厂里已做过运输试验了，我不是也坐在车上吗!”一路上两眼紧盯着前方的车队和路况，仔细听着对讲机里洪部长的指令，呼叫着报告本车一切正常，无暇欣赏公路两旁层次分明的绿色茶园、清澈的小河、翠绿的竹林和开满山坡的红杜鹃。

一路上戒备森严，站岗的有地方的民警也有部队的战士，有的交叉路口上已经集结了十几辆地方车辆，有汽车也有拖拉机，还有不少围观的人群。翻山越岭、上桥过河、限速行驶，四个多小时安全到达目的地卸车进场。谢副厂长知道当时部队除战备用车外的汽油紧缺时，告诉我要给部队的所有车辆都加满油，来回算下来我从南京部队后勤部调拨的23吨汽油已剩下不到一半。

2. 险情

根据周总理“一次试验、全面收效”的指示精神，南巡试验时充分利用试验弹头安排了多项地面使用试验考核。

1980 年 3 月 22 日至 25 日完成了整体弹头铁路运输试验考核，4 月 9 日至 18 日完成了头体结合公路运输试验任务。

公路运输试验的核导弹

在南方山区的四级公路安排全真弹头、头体结合的一发导弹的运输也是前人没有做过的。

这一公路是专供部队使用而建设的，当时的建设标准很低，只是解决了有无公路的问题，沙石路面、多雨的南方、又正是梅雨季节，坡陡路滑。

正式试验的那一天，预报晴天，但是走到半路时还是下起了小雨，提前派出的路口执勤的战士们还是湿透了军装，在小雨中坚持着岗位。直行和较平的路段没发生事，上坡后是一个急转弯，险情出现了。

弹体太长，转弯半径大，但这个弯道处上有石崖阻挡，下有百米深渊，转弯是非常危险的。所有车队的人员几乎都下车清理转弯处的碎石、杂草，运输营的干部们在拖车前后护航指挥：“前进、左转、停，后退、右转、停……”半个多小时才移动了几米，有时眼看着车轮已到路边，下边是深深的沟壑，有时弹体尾部几乎要碰到山崖上的石头了，这个转弯大约用了近两个小时，终于可以松一口气了，小雨也停了。

任务完成时，驾驶员的高超技术令人佩服，任务完成后请功授奖，理所当然。

3. 试验人的苦中乐

在偏远的山沟里，参试人员每天和部队打交道，工作单调还要随时准备处置意外事件的发生，责任重大。通信联系唯一的方式是信件往来，给家里写信一般来回月余时间，军用电话是与北京总部用来报告请示有关试验事项。试验周期又很长，特别是当大部队撤回厂里，少数留守人员更感到生活清苦，经常会有孤独、孤单的情绪，人之常情。

1978 年是驻地 50 年不遇的高温天气，早晨起床号响的时候，挂在床头的温度计上显示已是近 40℃，那年的最高温度值是 42.7℃，对于北方籍的留守人员真是考验。休息时，郑仲科技术员和几个北方人戴上草帽、肩上搭一条毛巾到小河边去乘凉，找块石头当枕头，人全身泡在水中，听着收音机里的广播、林中小鸟的歌唱，看着游动的小鱼、小虾，仰望小桥、流水、远方的人家，好凉快。

南方的冬天更难过，当地老乡们的平房是四面透风的，部队的营房稍正规些，但是墙只有一块砖厚，没有取暖设施，办公室和宿舍的温度经常是在零度左右，很冷，没有别的办法。白天，我们从老乡那里买来泥火盆，用炭火取暖；晚上，怕出意外不敢生炭火，有人发明了一种“高科技”的取暖方法，把 150～200 瓦的灯泡放到被窝里，熄灯后快钻进去，能略感暖和些。

一次试验时发现坑道内空气中氡气的取样监测数据连续超标，这引起了部队的高度紧张，干部战士们很恐慌，其实我们也在坑道中工作。试验工作队又进行了多次取样复测，表明与弹头无关。根据常识和经验判断可能是由于坑道送排风系统故障造成的，安排检修送排风设备，加大了送排风时间和风量后，测试数据恢复到合格范围内。同时安排专业剂量安全人员对相关部队人员进行了辐射防护和安全知识的讲课，消除了大多数人的恐惧心理，知道在进入坑道工作时戴口罩就能有效地阻挡氡气的内照射。通常，所有的坑道，包括采矿坑道中有氡气是自然现象，重要的是要按规定开启送排风设备，做好监测和防护，就能保证人身安全。

还有一次我们正在坑道测试间进行测试记录工作时，突然听到一声非常刺耳的“爆炸声”，不好！出大事啦！我迅速地向坑道内存放弹头处跑去，没有气味、没有火光，看到不远处的弹头也都是正常存放状态，没发现异常。这时，跑出坑道的人喊道：“是枪走火了！”原来是一个去年刚入伍的新战士在持枪站岗时，不知什么时候子弹上了膛，不知为什么把枪给弄响了，人已经吓傻了！这是一次意外事故。后来团里来调查说一定要给处分，特别是试验弹头就在坑道内，我们几个人都为小战士讲情，他太年轻了，教育教育就行了。说实话，当时是很紧张的，想想真是后怕。

试验工作生活中也有快乐。

篮球场上的四只老鼠

那是一次试验工作队与三营制氮连的一场篮球比赛，连队里的年轻人生龙活虎、精力充沛，工作队临时组织的“篮球爱好者”队伍老练、沉着，有的人球技还不错，过人、跨篮、远投，有点意思，就是体力不足，需要经常换人才能坚持下来。篮球场上你争我抢，盯人防守，投篮命中，黄胖子体重 221 斤，战士们都不敢碰他，知道他是首长，身体又那么壮，但在场上他还是很灵活的，不时远投三分，迎来一片掌声。场外有人议论说，今天是四只老鼠打篮球，副连长和战士小王是一只中老鼠、一只小老鼠

(32 岁、20 岁)，洪部长和小孙技术员是一只老老鼠、一只中老鼠（48 岁、32 岁)，今天篮球场上不是“五鼠闹东京”而是“四鼠打篮球”。

捕蛇者说

试验队的多数人都怕蛇，每天出来都拿着一根竹棍，就是打草惊蛇，那年冬天在我的宿舍床下还发现了两条冬眠的蛇，别人帮着弄走后好几天都睡不安稳，害怕还有蛇进屋；试验队也有几个不怕蛇的人，应该说是蛇怕他！

蒋海桂、杨忆淮就不怕蛇，他俩出门时也都拿着一根竹棍，但不是用来防蛇的，而是他们捕蛇的工具。路边、竹林中见到蛇时，有时用小棍挑起，抓住尾巴一抡蛇就脱节了，有时几下用小棍按住蛇七寸处就把蛇制服了，真的是手疾眼快。大杨还经常随身带着单面刀片，几下就把蛇胆给完整地划出来，一口吞下说是清胆明目；老蒋更神，制服蛇几下就把蛇皮剥下来，到小河边一涮，一条雪白的蛇肉，中午的菜“一蛇二吃”就有了。黄胖子也不怕蛇，蛇碰到他也算是倒霉了，有一次抓到一条二米长的菜花蛇，有好几斤重，他很快褪去蛇皮，叫人到家属院去借了一个大砂锅，晚上又是一个大菜（后来知道砂锅煮过蛇肉，就把砂锅送给他了)。抓河里的小鱼小虾、河边崖上的石蛙，晚上打着手电、提着水桶到稻田边的石缝里逮鳝鱼、泥鳅，都是他们几个人的强项，别人就跟着解馋了。

竹木匠

山区盛产竹子和木材，每天烧水做饭都用木材。当时山里人还不知道封山育林、保护环境的道理，每天上山是“上山一把斧、下山二块五!”比起大队里每天十个工分五角钱是多得多，可以说是见什么砍什么，在柴火堆里经常可以找到黄檀、石楠、青冈等硬杂木，留守的人就用来做刨子、木锯等工具，拉大锯、刨木板人人都是竹木匠，学着当地人做折椅、躺椅、小桌、扁担、筷子笼、小板凳等。最好的竹木匠是夏忠科长（哈尔滨军事工程学院的优秀生），因为是搞统计工作的，大家都叫他“夏总统”，他的手最巧，还能用竹子破篾，编筐、编篮子。最好的作品是选用竹节较长的老竹片，最顺溜的一段檀木分别制作了两副麻将牌，还手工打磨、手工刻字，非常精制，后来就是供我们几个人闲时打麻将用，说来好笑，我们从不赌钱，谁输了谁就去食堂帮厨。

平时，部队里的唯一文化活动是每周一场的露天电影，附近的老乡们步行十几公里的山路赶来，操场上是人山人海。

二炮文工团到部队演出时，784 工作队的待遇很高，部队里讲级别观看，784-2 办公室主任丛洞一（后于二二一撤点销号前任最后一任留守副厂长）、我和保卫部二科的沈延溪科长是办公室副主任，按照部队里科团级的待遇，看演出时我们和七团团长宋子杨（天津人）、徐副团长等首长被安排在礼堂的最好位置上观看。记得张暴默演唱时，很受军人们的欢迎，返场几次演出。这是几年里唯一的一次文化艺术大餐了。

4. 漏乘的人们

1981 年 10 月是南巡试验在基地的最后一次半年复检任务，厂里重视、各单位派来的人也较多。撤场时人员是乘坐两节厂自备的硬卧车回来的，硬卧车沿途加挂在普通快车上，由于没有其他产品车回厂，加上人们从老乡家中采购的笋干、虾干、茶叶、木耳等，两节车厢中是塞得满满的。

我是返厂带队的负责人，交运处的邢玉珠师傅负责与沿途车站联系加挂事宜，他跑过多次专列，业务熟练。紧张的工作后，车上的气氛是活跃的，男人们下象棋、军棋，打扑克，女人们则是一路说笑着，每到一大站停车时，她们都要跑下车去采购食物……两节卧铺车最后的路程是加挂在上海至西宁的直达快车上，到西宁火车站时已近傍晚，但是青海的天还亮着呢。很快就要到家了，人们几乎全都到站台上活动，看着自备车与客车分开，天色也渐渐地暗了下来，因为一路劳累，我有些困乏就没有下车。

当重新编组后列车启动时，才发现还有不少人没有上车，站台下也没有人影，知道有人漏乘，心里是又急又火。漏乘的二十多人几乎全部是女同志，其中还有厂领导夫人。后来知道她们是到西宁站外边又去采购了。哎！一群添乱的女人。

西宁到海晏站这段97公里的路程是最早修通的青藏铁路的一段，通讯不畅，到海晏站时厂里的机车早已待命，站上告诉邢师傅，西宁站已安排她们乘后边的火车赶来，大约在两小时以后到站。自备车回到厂铁路编组站，我立刻给王厂长报告，电话里听不出他的感受。

安排其他的同志下车乘轿车送回总厂后，我又乘厂里的通勤火车回海晏站去接这些太太们，青海的晚上已经很冷，看到她们有人已经冻得直哆嗦了，也不好说什么，谁让你是领队呢。

回到家中已是午夜，还好没有冻病。

5. 车祸救人

1982年的春节过后，我和保卫部二科的刁凤兴、机关食堂的邵啟九师傅到兰州乘飞机去南京，当时乘飞机是要厂长亲自批准的，除非有特别紧急的公务。这次是去基地轮换几位春节期间在基地坚守岗位值班的单职工回家休探亲假，厂领导想要他们几个能回去过个正月十五，与家人团聚。下飞机、乘火车、坐汽车、换防……

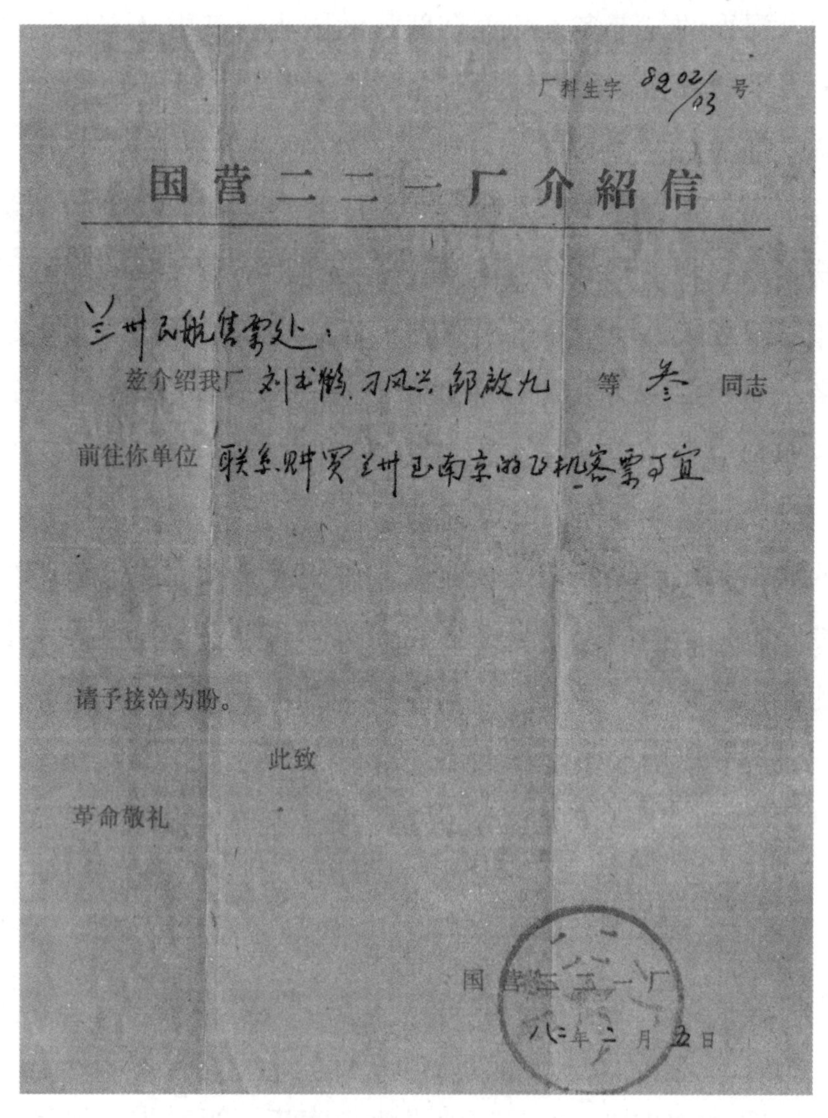

厂料生字 82-02/03 号

国营二二一厂介紹信

兰州民航售票处：

兹介绍我厂 刘书鹏、刁凤兴、邵啟九 等 叁 同志

前往你单位 联系购买兰州至南京的飞机客票事宜

请予接洽为盼。

此致

革命敬礼

国营二二一厂

八二年二月五日

乘机介绍信（二二一厂）

4 月 5 日，丛洞一要回江苏高邮（双黄鸭蛋的产地）探亲休假，本来是派丰田客货车送他到火车站，当天上午我要带着测试组的四个人乘吉普车去坑道工作。吃晚饭的

时候接团部电话说他们副团长一家回去探亲能否搭车去车站（部队生活用车管得很严），从主任说就派小车去送站吧。让我们坐丰田车去上班。

晚饭后一直陪他打牌到午夜，下半夜两点送他坐上车出发，车上还有一位团部的卫生员。今天是清明节，昨天刚刚下了一场雨，团部的操场上有些积水，真是“清明时节雨纷纷”。

躺下还没有睡熟的时候，突然床旁的电话铃响起来，“你们784的小车出车祸了，在三营附近的下山弯道上，快去救人！我们已经上报基地了。”是团部值班室的电话。我慌忙中穿上衣服，电话与团部联系派人、派车，大约十分钟后，带着团部的一辆小车、一辆吊车、784的一辆卡车向事故地急驶。

翻过架子岭，下坡行到第九个弯道时看到吉普车侧翻立在路边，真悬！再过半米就翻下万丈山崖了。车还没停稳我就跳下车来，叫几辆车都打开前灯把现场照亮，来到事故车前，那一幕惨景至今留在脑海中——

吉普车的前挡风玻璃已经全部破碎，只见丛洞一的头顶几乎穿过玻璃框露在外边，满头都是鲜血，被玻璃划开的头皮下的白色颅骨非常刺眼，口中发出凄惨的呻吟，我用双手捧着他的头，剥开周边的玻璃碴，轻轻地、慢慢地顺着退出来，两个战士把他抬出小车，平放在担架上，我的白手套和工作服上已是鲜血淋淋；司机沈大地的外伤比从主任略轻些，因为方向盘的阻挡，他的头皮只有三分之一左右露在外边，头皮也已划开，露出一小条白色的头骨，但胸部受到了挤压，两个人都还算清醒。

其他的人都是较轻的肢体创伤。夜幕中清点人数，好像少了一个人，那个卫生员哪去了？十几个人借着汽车的灯光仔细地在附近查看，有人听到在上方五米高的一块石头上有求救的叫声，正是那个年轻的卫生员，他是在翻车时被甩到上边的，没有明显的外伤但已有些昏迷，三营的干部战士也上山来现场救援。

基地已将翻车事故向总部报告，根据基地首长和总参指令，迅速将三个重伤员送往最近的南京部队后勤部总医院抢救。上海第四军医大学的两位外伤急救专家也专程来医院指导处置，我一直陪着他们在急诊室中，知道是试验队办公室的人，一位教授说："这两个头部有外伤的问题不大，已经备皮、消炎、清创、缝合，很快会好的，那个战士可能问题较严重，没有外伤，但头部已开始肿起来了，要马上送手术室开颅探查。"……每周试验工作队的人都去看望他们，头皮缝合后头发慢慢地长出来，但扒开头发还能看到缝合的针口。那个战士伤情很重，开颅后一直处于昏迷不醒状态。

后来从主任讲了当时的故事……

他们出发后，车到架子岭前一切正常，上坡到山顶时，小沈司机习惯地试了一脚刹车，有刹车，但好像不太灵，下坡过第一道弯时又踩刹车就完全没有刹车了，正是下坡车速加快，司机想换挡减速，结果是技术太差没有挂上挡，飞车了！车速越来越快，到第八道弯时丛主任叫他赶快靠边刮石头减速，因为他知道下边还有几道弯是很危险的，结果是司机的方向盘打得太大，一下碰到路边的一块大石头上（有几吨重），造成小车侧翻，一个翻身、二个翻身、第三次翻身时才侧停在路边上，如果再稍稍一动，就是车毁人亡。

事后，把那身满是鲜血的工作服扔到了小河里。以前还试着学开车玩玩，从那儿以后再也不去碰车。有人说，你的命真大！

回厂前，又去医院看望那位战士，他已是个完全的“植物人”。

当时，部队的干部战士们以前从没有接触过真的核弹头，四年中试验队通过专业技术讲课，有意安排干部战士参加实装实弹操作等，为部队培养了一批技术骨干。后来，有人当了旅、团长，有人晋升将军。

各级首长和领导十分关注试验工作。试验前第二炮兵李懋芝副司令员曾亲临基地考察（我和二炮机关的温处长陪同），并选定了试验场地；试验中，国防科委科技部的郭英会部长、伍绍祖副局长，二机部刘书林副部长（厂党委书记）、九局的几位领导等都曾亲临试验现场视察、指导工作。对试验成果给予了高度的评价，认为系列研究性试验为提高弹头的作战使用性能提供了明确的结论。

1978 年，784 试验获国防科委重大科技成果二等奖，获奖名单是：谢平海、黄祖荫、刘书鹤、蒋海桂等七人。

1982 年，784-2 试验获核工业部重要科研成果一等奖，获奖名单是：苏耀光、谢平海、黄祖荫、刘书鹤、夏忠等人。

几年后，谢平海副厂长在上海病逝，他那平易近人、治学有方的音容笑貌常在。

第十四章　武器化中的环境试验人

原子弹突破及武器化、氢弹突破及武器化，需要完成研制设计结构力学试验、地面模拟试验、定型试验、国家试验等系列试验考核，可以说武器化的进程中到处可见环境试验人的身影。

1. 环境试验

环境试验，外国人也称为环境工程（Environmental Engineering），是研究并解决环境的起源与量值、模拟方法与试验设备、仪器的选择与测量、环境的影响与试验程序、环境的防护与缓和的专门的工程技术。环境试验就是说要把武器或它的部组件放置到（或暴露到）自然界的或人工制造的各种环境中，从而对武器在实际上会遇到的使用、运输和储存条件下的性能进行考核和评价，所以在核弹头的武器化过程中的环境试验显得十分重要。

国外在武器研究设计、生产制造和使用过程中，非常重视环境试验工作。据知美国的洛斯阿拉莫斯国家实验室圣地亚研究所和劳伦斯·利弗莫尔国家实验室中都有一批从事武器环境试验的人。关于环境试验的目的，美国相关国家实验室的文件中说：“ 在设计过程中，环境试验可以证实或修正设计中的假设；在设计的最后阶段，可以证实所设计的武器系统在预期的环境下能否正常工作；在生产过程中，为控制和保证产品质量，也都需要进行环境试验考核。”

在国内，第一颗原子弹爆炸成功之后，遵照周总理和专委的指示，在第一代核弹头的研制、生产、交付使用过程中安排了一系列的环境试验考核工作。根据近、中程导弹的技术要求，为了使弹头适应环境条件、安全可靠和使用方便，九院非常全面地规划和开展了原子弹和氢弹的武器化的试验考核工作，力求建立在一个较高的技术水平上实现武器化，多项环境试验项目被确定为弹头的定型或鉴定试验项目。这就是我们这些环境试验人所要承担和完成的历史使命。

这里需要简明地讲一下，核弹头在研制、生产、储存使用全过程中可能遇到的两类复杂环境是：自然环境和诱发环境。自然环境，有时也称作气候环境，是指高温、低温、湿热、低气压、太阳辐射、风、沙尘、雨淋、盐雾和霉菌、昆虫、啮齿类动物等环境；诱发环境，有时也称作动态环境，包括振动（含公路、铁路、舰船海上、飞机空中运输）、冲击、离心加速度、噪声及核电磁脉冲、核辐照（射）、静电和内热源等环境。

环境试验人还要通过试验摸清环境对武器性能的影响和损伤（也叫环境效应），在试验中探索和发现气候环境和力学动态环境下对武器中的原材料、零部件、组件和整弹性能的影响；选取或制定试验方法和程序，研制相关的试验设备和测试手段；特别是还要根据试验中发现的现象和问题，提出防护和减缓环境影响和损伤的建议等，可以说环境试验是一个多学科的课题，环境试验人是一群熟悉相关学科知识和试验技术的一专多能的人。

2. 核航弹

遵照周总理关于我国核武器研制的“三级跳”设想，首先是要实现空爆，所以中国核弹头的武器化是从核航弹开始的。核航弹就是由飞机携带空投的核弹头（其实我国首次核试验的核装置也是按空投设计的），它由核装置、引爆控制系统、航弹壳体构成，装在载机的弹仓内，形成一个完整的空投武器。

设计部的技术人员在郭永怀副院长和龙文光主任的指导下，先后设计了三种核航弹壳体的气动外形模型，并在国防部五院和北京航空学院的帮助下完成了多次低速与高速的风洞试验，初步确定了核航弹的外形、阻力系数和降落伞设计，制成了全尺寸的空投航弹模型，在酒泉14#地区进行了空投试验，最后确定了其中的一个气动外形方案。设计部连夜加班进行了航弹壳体的工程结构力学设计，为了适应核航弹的动态环境要求，提高核装置的可靠度，核装置采用了独特的支撑结构方案；在疏松桂、俞大光的主持下，设计人员在3个月内完成了遥测系统的设计，并在14#地区和空军进行了弹体结构、降落伞、引爆控制系统、遥测系统和地面测试系统的综合空投试验，达到了设计预想要求，实现了体积小、重量轻和控制可靠的技术要求，据此青海基地加速研制工作。

与塔爆不同，核航弹需要空军的密切协同配合，要有空军参与，有技术过硬的机组投弹。当时的空军司令员刘亚楼将军非常重视，亲自将这一任务交给了航空兵独立四团，并指定几个机组同时训练。空军还派出了空军实习队到九院参加实训。在重要的技术部门和车间，都有穿着空军制服的实习队的身影，设计部各室都有空军的人，我们十六室二组的是孙占纯，也是和我们同期毕业的大学生，和我们一块参加飞机的保温改装和弹仓环境测试工作。

1965年春节后，空军领导亲自到部队传达了中央专委关于首次空投原子弹的命令，并确定李源一、于福海机组为执行任务的正式机组，徐文宏、赵承业为预备机组。正式机组的六个成员是：航空兵独立四团副团长、第一飞行员李源一，抗美援朝期间轰炸大和岛的二等功臣；第一领航员于福海，全团的投弹技术尖子；第二飞行员刘景海，第二领航员张公祥，通讯员孙兴富，射击员韩惠安（通讯员和射击员的位置在飞机尾部）。两个机组同时在进行着投弹训练。

国防科委二局的胡若嘏局长对运载核航弹的图-16飞机的改装工作做了部署，设计部的技术人员参与了飞机弹仓的保温改装和弹仓温度的测试工作。

九院向空军提供了训练用的原子弹模型配重弹，李觉将军说："训练用的配重弹，你们要多少，我们就给多少，摔坏了也没有关系。"他伸出食指，庄重地说："真的只有一个，你们一定要保证投准、投响，那玩意可不是闹着玩的，不能有一丁点差错！"人们知道，投弹是否准确，不只是个技术问题，还会受到很多因素的制约和影响，如天气变化、能见度、风速大小等都会影响命中率。机组人员齐心协力，天上飞、地下练，白天投、晚上总结，不断地摸索着提高投弹精度的规律。当时只有这两架图-16型苏制轰炸机可供使用，因为飞机机身细长，飞行员们都叫它"大白鲨"，我国还没有能力造大飞机，国产轰六飞机是后来才有的。经过刻苦训练，投弹精度达到了距靶心100米以内，甚至有一次投出了距靶心35米的好成绩。

1965年4月1日，第九作业队组成。为试验准备了冷弹两发（供遥测系统用）、热弹两发（核航弹），代号2923，不知是否可以解读为二机部九院的国家试验产品。4月20日、24日、5月4日，空军机组连续进行了配重弹和遥测弹的空投试验，一切正常。5月6日，接到中央专委命令，试验进入48小时准备，张爱萍将军坐镇罗布泊现场指挥，李觉将军坐在总装车间的一把折叠椅上，周恩来总理不断来电话询问试验准备情况并指示："反正五月里就行，早一点更好，只要有把握，不要勉强……"张爱萍将军按照总理"争取早响"的精神部署着。5月8日清晨8时，进入正式试验准备，实测图-16飞机弹仓温度正常，装有核航弹的飞机已滑行到起飞线，空军副司令员成钧中将在塔台指挥。关键时刻，试验场上空出现了东北风，不利于参试人员和周边场外居民的安全，放射物将可能吹向西南邻国，总理当即决定暂停试验，试验转为待命状态。

5月13日，试验重新进入24小时准备，又要插真雷管了，李觉将军又同上次一样搬个小板凳坐在弹旁，以使九院的同志情绪能放松一点。5月14日上午8时13分30秒，载着核航弹的飞机从14#起飞，9时59分10秒，空投原子弹从弹仓脱钩而出，又一次蘑菇云升起、东方巨响，中国第一颗原子弹（核航弹）空投试验圆满成功。

这是一次非常准确、非常成功的投弹，原子弹爆炸时距爆心只有 40 米，爆高 500 米，威力大于 30000 吨 TNT 当量。中国从这一刻起有了可供实战使用的核武器。从第一颗原子弹塔爆成功到第一颗核航弹空爆成功，中国只用了 8 个月的时间！

3. 广寒宫里追太阳

氢弹武器化的过程要复杂和漫长得多。如果说 1966 年 10 月 27 日两弹结合飞行试验成功，标志着中国有了中近程核导弹；1967 年 6 月 17 日第一颗氢弹空爆成功，中国就有了氢弹核航弹的话，那么把氢弹变成中远程的导弹核弹头时，由于中远程导弹的飞行环境条件要求更加苛刻，却还需要安排一系列的环境试验考核。东风×号导弹核弹头的系列试验，就是我们这一代环境试验人的主要任务了。

环境试验人是要与被试弹头一起经受环境考验的人。最早部组件湿度试验时也曾在浴池中做过，低温、高温和太阳辐射等试验时，参试人员和导弹、核弹头一块儿抗严寒、耐高温、晒太阳。

遵照毛泽东主席“提高警惕、保卫祖国”和“要准备打仗”的教导，使用部队急切地希望核弹头具有全天候的发射作战能力。

1968 年 11 月，核弹头参加了在大兴安岭地区进行的低温试验（830 任务）。大兴安岭地区是中国最冷的地方，根据气象资料记载，漠河的最低温度曾达到零下 52.3℃。从 11 月底到 1969 年 2 月中旬，当时试验场的最低温度是零下 30℃到零下 45℃，试验测试时，我们组的技术人员和导弹、弹头一起冷冻着，穿的大衣已经冻透，哆嗦着，跺着两脚。一群在广寒宫里工作的人。

1969 年 5 月初，九院设计部的技术人员又带着核弹头参加了东风×号导弹武器系统的耐腐蚀高温试验（117 任务），这是在南方进行的试验考核。由于自然界的环境是不可控的，在试验之初，当地当年的最高温度就已经过去，没有办法又装上专列，拉到武汉地区去追高温天气，以使武器系统受到更酷热的考核。到 8 月上旬试验结束，我们十六室二组的参试人员又和导弹、弹头一块儿承受了酷热和强太阳辐射的考验，可以说是每天一身汗，有时脱下工作服时都能拧出水来。一群耐热的人。

有人调侃说，你们十六室的人是刚进广寒宫又急忙跑出来追太阳的人。

4. 与死神擦肩而过

1975 年 3 月 18 日早晨 6 时许，总厂机关食堂门前停放着十几辆汽车列队，有吉普车、有卡车、有大轿车，还有一辆 NY-××4 型调温结合车是扣着硬蒙皮的专用车，车辆的四周已布设了岗哨警卫。食堂里，热气腾腾、灯光昏暗。一声口令，早餐后的人们全部上车就位，在前导车的引导下，车队出发了。

这是执行一次整体弹头运输试验的车队，苏耀光总师坐在吉普车上指挥，沿途早已在重要路口、道岔、转弯处布设了警卫战士。路线是从二二一厂总厂区到海北州的刚察折返，运输里程×××公里，四级公路、车速控制在××公里/小时。

两周前在四厂区，我们总体室四室的技术人员就已开始进行着测试仪器的调试准备，为确保准确测到数据，还为每台测试仪器设计安装了减振支架，用一台 220V、50Hz、1500W 的汽油发电机发电进行了测试系统联试。

一周前在二一五总装车间，按照实施大纲要求，安装了加速度传感器，其中在调温结合车底盘、车轴支架处装有×个传感器，在弹头上安装有×个传感器，以测振动、冲击传递情况。

这是第一次使用NY-××4型调温结合车进行实弹运输试验，二炮部队派出的车队由陶副营长带队。可以看出他们还是很紧张的，驾驶员曾多次问我："是真的核弹头吗？安全吗？"我明确地告诉他们，试验是安全的，我们已经进行了安全论证和必要的安全性试验，别怕！我们的技术人员会在副驾驶的位置上陪着试验全程。

在试验动员会上，苏耀光特别强调在确保试验安全的前提下，车速一定要达到××公里/小时，这和以前第一颗原子弹试验出厂前的运输中，他一再要求"慢些！别开快"的要求不同了。

运输车队中，为了确保万无一失，在NY-××4型调温结合车的前后都安排了隔离车，调温结合车上，驾驶员谨慎地握着方向盘，四室的程敏玖和陶副营长坐在副驾驶位上坐镇指导，调温结合车箱中孙耀华、杨德明、朱伟义、段春贵紧张而有序地进行着振动、冲击的测量工作……

车到刚察折返处停车检查时，意外情况发生了！当调温结合车的车箱门打开时，那四个随车测试的人，一个个斜歪着下车，有两个人下车就趴到了地上，没有倒下的也都是头昏脑胀、没有力气、呼吸困难。随车队的一位军代表还在私下说："他们是不是怕死鬼，害怕了？……"其实，真正的原因是缺氧、一氧化碳中毒事件，由于测试仪器供电的需要，临时安装了一台汽油发电机，车厢中的氧气已被汽油发电机耗尽，加上调温结合车气密密封性较好，那四个测试人员是在极度缺氧的空间中坚守着测试工作。车厢中几乎全部是一氧化碳、二氧化碳了，如果再坚持就会发生中毒死亡事故。四个与死神擦肩而过的人，一个可气无知的军代表。

在刚察修整恢复后，人们汲取教训，采取减少汽油发电机供电时间、增加停车换气等措施，确保人身安全。

3 月 21 日，运输试验圆满结束时，一共测到车底盘和弹头×××个振动、冲击实验数据，经判读、分析、整理，为试验提供了可信的试验数据和明确的试验结论。

1978 年，东×弹头公路运输试验获得国家科学大会奖，获奖名单是：程敏玖、孙耀华、段春贵、杨德明、朱伟义、胡国栋、张庭芳。

5. 气候模拟试验

东风×号核弹头的低温、高温试验和电加温系统高海拔试验等都取得了重要试验成果。但是，由于受野外真实实验环境的限制，没有赶上较高的高温天气，太阳辐射的规律及其特点、待命×昼夜的高温适应性、温度突变的影响（如雨、降雪、冰雹、强风等）都没有遇到考核。同时，受试验安全的限制，试验的试件中许多部件使用了模拟代用件，那些部件的高温环境适应性尚不清楚。所以，在117试验结论中取消降温设备的同时，又提出了“要在试验室内再做必要的模拟试验，以补充和验证野外实验结果的不足”。为此，7324会议和743会议中明确提出：为了进一步摸清核装置及其引爆控制系统在各种动态环境和高低温环境条件下的安全可靠性和热传导的规律性、振动加速度的传递规律，给作战使用提供实验数据，安排几项地面模拟试验是非常必要的。

其中就包括高温试验、公路运输试验、振动试验、冲击试验等模拟试验任务，这些任务都一下子落在我们总体室四室的头上。

160m^{3}高低温试验室，是著名力学家郭永怀副院长生前十分关注的国内第一个性能最好的大型气候模拟试验室。说它大，是因为它可以容纳第一代弹头的所有型号，连同运输装载车辆都可以容纳下做各项试验考核；说它性能最好，是因为它的设计性能指标较高，最高温度、最低温度、温度均匀性、风速等都是当时国内最好的。

160m^{3}试验室选用的冷冻机组是大连制冷设备厂制造的高低压复式机组，同时使用了F-22和F-13两种介质，可以达到深度冷冻的要求，据说原来是为东南亚某国设计的供30万人的城市冷库用的机组。但是，受当时“运动”的影响，160m^{3}建造过程中也不是那么顺利。在“二赵”时期，我们都成了“运动员”，建造任务是断断续续，人员也在变动更换中，熟悉设备的人有时不让你去出差处理技术问题，而换新人去了也不能解决问题。全套试验设备调试合格后，也曾经受磨难。记得那年冬天，不知是哪位军代表出的主意，要把四厂、七厂的暖气改由电厂直接供气，停烧了七厂的锅炉房，并且沿途已建好了支撑供气管道的几百个水泥支座，但后来又半途而废，现在你还能在电厂到四厂、七厂的沿途见到那一个个水泥支座。当时，我们的行动都是受限制的，四厂的各试验室的钥匙也都已上交到军代表手中，没有人知道停暖这件事……那年冬天，四厂、七厂区没有送暖，结果是各工号、试验室的暖气管道、暖气片等全部冻裂。特别令人痛心的是 160m^{3}试验室的高低压机组的水冷却系统也被冻坏，无法正常工作了。第二年春天，为了恢复四厂区的供暖系统，好像比装新的还费劲；为了修好压缩机组的冷却水系统，我和郑自和、郑仲科更是费了大力气，郑自和几次到大连和上海冷冻设备厂出差学习、请教，才恢复了水冷却系统，最终使设备能正常运转，没有影响高温试验任务。

1976 年，“东×弹头高温试验”的各项准备工作在有序地进行着。

在试验前的方案讨论时，由于当时的 160m^{3}试验室内还没有设计安装太阳辐射设备，受太阳辐射技术和器件的限制，怎样实现高温加太阳辐射的考核是讨论的焦点技术问题。会上我根据所学的传热学知识，提出了用热传导的方法，提高试验室的温度，以弹头壳体表面作为基准，以达到太阳辐射的增温效果，上报后被批准采用。

试验安全问题也是各级领导关心的大事。使用一发全部真实材料的核弹头在厂内做试验也是二二一厂的第一次，放射性污染问题十分敏感，特别是9#部件的安全，为此，我们在止口处设计了专门的密封圈，方案也被批准采用。

试验前我还对该弹头的扳机进行了传热理论估算。

1976年1月8日，为“两弹一星”事业呕心沥血的敬爱的周总理永远地离开了我们。首都人民不会忘记，中国各族人民不会忘记，人民共和国不会忘记，历史不会忘记。天安门广场圣洁的花朵犹如开遍中国大地的烂漫山花，哀悼的人潮如同大海的波涛，长安街头万人空巷送总理。刚刚从青海二二一回来的王淦昌还没有拂去高原的风霜，就领着九院的同志们，捧着亲手制作的花圈，来到天安门前寄托他们深深的哀思。钱三强步行20多里，加入涌动的人潮，仰望耸立在万花丛中的周总理巨幅画像，忍不住失声痛哭。周培源和夫人王蒂澄与钱三强和夫人何泽慧四位科学家彻夜长谈，缅怀周总理的丰功伟绩，追思周总理对“两弹一星”事业的亲切关怀，说周总理是中国历史上的第一位平民“宰相”，有权不私、有名不显、权倾一国、两袖清风，永远活在人们心中。

1976年7月6日，朱德委员长与世长辞。

1976年7月29日，“东X弹头高温试验”在四〇二工号 160m^{3}高低温试验室内进行。

试验中试验室内的温度高达 60℃以上，每天还要进去用便携式风速仪测量风速和安全检查，每次这两个人（双岗制）都是汗流浃背，在火炉中经受高温考验。

1976 年 9 月 9 日，惊悉毛主席逝世的噩耗，草原人在广场上举行了隆重的万人追悼大会。试验中的全体参试人员怀着无限崇敬和万分悲痛的心情，只能在试验室里极其沉痛地悼念、缅怀毛主席的丰功伟绩。毛主席是中国人民和世界革命人民的伟大领袖和导师，也是我国核事业的决策者和导师，建国初期就为核事业的发展发出了“要大力协同，做好这件工作”“搞一点原子弹、氢弹，我看有十年功夫完全可能”的伟大预言；当苏修撕毁协议，撤走专家时，又发出了“敌人有的，我们要有，敌人没有的，我们也要有。管他什么国，管他什么弹，原子弹、氢弹，我们都要超过”的伟大号召……

全体参试人员，化悲痛为力量，精心组织，坚守试验岗位，为实现领袖的遗愿而努力工作，试验在悲痛和勤奋中进行着。

9 月 20 日试验结束时，对弹头的××个温度测量点、×个相对湿度测量点千余次测试，获得了×万个实测数据。数据分析表明：理论估算值与实测值相近，误差小于±1℃。试验前后和试验中的产品质量检查结果表明：该弹头满足部队高温环境条件下待命×昼夜使用的战术技术指标要求，安全可靠。

1978 年，东×弹头高温试验项目获得国家科学大会奖，获奖名单是：黄祖荫、刘书鹤、郑自和、程敏玖、蒋海桂、董国根、郭瑞芬。

至此，在国内开启了室内气候模拟试验的先河，后续型号的气候试验可以不再受自然季节和环境条件的限制，随时可以安排室内模拟试验了。

1977 年，在 160m^{3}高低温试验室，完成了 DF-X 弹头电加温系统低温试验（七机部定型试验项目）、东×弹头整体温度试验（九院定型试验项目）；1978 年还完成了 DF-X 弹头××批（控制舱）低温试验（七机部项目）等任务。

让我们以此来告慰郭永怀副院长吧！

6. 救救梁大哥

1977 年冬季，5××引爆控制系统的×××米遥测电缆车的低温启动试验在 160m^{3}高低温试验室进行着，参试人员除了四室的人员之外，还有电缆车的选型设计人员梁东升和沈桂法。

梁东升，山东人，1964 年东北工学院毕业，在我们那批人中年纪较大，平时我们都叫他梁大哥。他们俩的主要任务是在试验中负责对参试车辆进行低温下的启动操作，受当时国内汽车技术水平的限制，选用的是“红星牌”面包车改装。

按照试验大纲的安排，第一天的试验都很顺利有序。到最后试验结束前，正是我、郑仲科和两个女试验员值班实施冷冻机组操作控制和环境温度测量。

记得那天早晨快8点钟的时候，本来安排的是梁东升和沈桂法两人再做最后一次启动试验。电视监视器上可以看到两人精神十足地坐进了车里，试验室内的温度符合试验要求。突然，郑仲科喊叫起来：“快来看，他们两个好像出事了?!”在远控室电视监视器的画面上，可以清楚地看到：梁大哥和沈桂法两个人，耷拉着脑袋、斜歪着身子在正副驾驶的位置上。叫两个女同志坚守在远控室，我和郑仲科两人飞快地穿过防爆通道跑到试验室，打开试验室的两层小门，冲到面包车旁、拉开车门，用尽力气先将梁老兄抬下车，还好梁兄比较轻，过小门时，还能抬出来，又把他抬到四〇二工号的大门外边，摸摸好像还有气。脑海中的第一反应是缺氧造成的，时间就是生命，又急忙跑回去抢运沈桂法。沈桂法是个180多斤的大胖子，两个人抬他就费劲了，同时明显地感到试验室充满了汽车尾气的味道，抬过第一道小门时，那个半米高的门坎就弄不过去了，最后是连抬带拖，连上衣都拉掉了露着肚皮，才把他弄到大门外边，这就是人们常说的“死人沉”吧！这时才发现沈桂法的状况不好，好像心跳和呼吸都很弱了，我是迅速地胡乱做着所谓的人工呼吸（其实也没有认真学过），又叫郑仲科给医院值班室打电话派车救人。还好，可能是发现早，缺氧时间不长，加上四〇二试验室大门外通风，两个人总算都醒过来了……电话中，医院值班室的人说，现在是半小时的“早请示”时间，是雷打不动的，没有办法派车，我又打电话给车队，请他们提前派出试验用车，最后还是我们的试验用车把两人送到了医院急救。上午把试验现场清理后，当我乘班车到医院时，看到的是两个人被安排在楼道加床上输液。值班医生说，还算抢救及时，现在体征正常，不会有什么严重后果，短时缺氧可能对大脑不会产生严重影响。终于松了一口气。

7. 动态模拟试验

DF-X 整体振动试验是该弹头的定型试验项目之一。当时由于试验设备的限制，我们四室的 V-1007 振动台的最大激振力无法承载该弹头，九院四所的 5 吨电磁振动台也不能完成，更大激振力的振动台国内还在研制中。怎么办？经过认真讨论，决定利用国内现有设备分两次完成模拟试验。

1976 年 3 月 31 日至 5 月 28 日，在北京七机部 702 所的 V-3208 振动台上完成不带炸药部件的整体振动试验，但一定要测到×球部件边界的模拟振动条件，即振动传递的规律和数值。除了炸药部件采用模拟代用件外，含有核材料部件。记得在现场不知怎么走漏了消息，让七机部的人知道了是二机部的产品，一定有核材料，于是有人贴大字报赶我们的人走，怕污染了他们的设备和场地……还好没有影响到试验的正常完成。

1978 年 2 月 17 日到 3 月 20 日，我们又在九院四所的振动台上完成了×球振动试验（781 任务）。两个试验的加法就完成了 DF-×整体振动的定型试验任务。结果表明：弹头符合技术要求，为该弹头定型提供了可信的数据和明确的试验结论。1980 年 781 试验项目获国防科委重大科研成果三等奖，获奖人是黄祖荫、孙耀华、戎善樑等七人。

1976 年 12 月在四〇六试验室完成了某产品装置（带下壳体）的冲击试验。

1979 年，我室还安排完成了东风×号核弹头综合静力强度试验。

至此，743 会议上确定的东风×号弹头定型环境试验任务我室已全部完成，为该型弹头的定型、批生产、交付部队使用，提供了明确的试验结论。

8. 储存会议

1974 年，九院一分为二，一部分已迁往四川三线，二二一厂又划归核工业部和青海省委双重领导。核工业部下达了院厂任务分工的决定，二二一厂分配的主要任务是：核武器和地面装备的批量生产、工艺研究、储存性能研究、产品复检和部件返修更新等任务。其中的储存性能研究任务又落在总体室四室的肩上，全部人员都投入到储存性能研究的课题中。

“我们发展核武器，不是为了进攻，而是为了防御，是积极地防御”。核弹头不会轻易动用，但是必须保证在服役期内核弹头的可靠性和有效性，立足使用现有武器准备打仗。储存试验是武器交付部队使用后必然要遇到的课题，那时，弹头的储存试验在国内是个全新的课题，没有前人的经验可以借鉴。

储存性能试验研究的难点在于：大家知道，核弹头是一项复杂的系统工程，一发核弹头由上万个本质上并不相容的元器件、部组件组成。研制中的总体设计、部组件分系统设计集中采用了当代科学技术的多学科课题成果。所以核弹头的储存中涉及核物理、爆炸物理、力学、材料学、传热学、环境科学、电子技术、自动控制技术、气候学、机械振动、核防护技术、防锈与封存、安全防护技术、核辐照效应、系统试验技术等众多学科的技术问题；各种材料的寿命又不可能一致，特别是一些有限寿命（短寿命）部件中的活性材料的衰变而引起的性能变化，有些部件的老化又可能对其他材料部件产生交叉影响；弹头中的核材料时时刻刻产生着放射性辐射剂量，必须专门研究低通量核辐照的效应对其他零部组件和整体弹头寿命的影响；弹头储存与试验又是交付部队后的大型综合研究课题，涉及多种型号的武器装备、使用部队和部门，组织协调复杂、责任重大；储存性能研究课题的试验周期都较长，有时需数年甚至更长，质量数据信息采集周期长，需总体策划，特别要到部队采集年度复检数据；试验中核弹头必须确保“绝对安全、绝对可靠”，不能发生任何安全事故，首先是确保技术安全，当然还有社会安全。

为此，从 20 世纪 70 年代中期开始，二二一厂各部门和环境室就安排了无线电元器件、炸药部件、重材料部件、轻材料部件、零部组件、大部件和 756、784 整体弹头的储存试验研究工作。还专门安排了 784-2 整体弹头延长储存试验研究，以探索延长武器储存寿命的可能性，提高部队的战斗力。

实践表明，核弹头的许多技术问题可能不是出在研制和批生产阶段，而是出在库存服役阶段。

1979 年 9 月，国防科委在北京京西宾馆主持召开了国内第一次核弹头储存工作会议，以便总结加强储存研究工作，确保核武库中的弹头“绝对安全、绝对可靠”。二机部科技委、九局、九院、二二一厂和二炮部队等单位派人参加会议。

二二一厂苏耀光总师（兼副厂长）带队，黄祖荫和我等六人参加了会议。九院由邓稼先院长、陈能宽副院长带队，十多人参加了会议。会上，我代表二二一厂宣读了《东风×号整体储存试验总结报告》（储存会议材料之三），特别详细地汇报了弹头储存试验件的选取和使用安排情况。

众所周知，核弹头造价昂贵、试验项目多，有些试验的周期又很长（例如储存寿命试验），所以通常是在批生产中抽取1~2发弹头供环境试验使用，为了同一发弹头能安排较多的试验项目考核，必须科学缜密地考虑试验顺序，以免在前期试验使用中使参试弹头中的某些部组件损坏，影响了后续试验使用。例如，我们曾用一套试件先后安排了整体公路运输、北方坑道整体储存、零部件储存和大部件储存四项试验；用另一套试件安排了整体振动、弹头高温、装置冲击和×球振动四项试验；还用一套试件完成了南方阵地整体储存、整体铁路运输、头体结合公路运输和整体延长储存研究四项试验等，充分合理地利用了试件。储存试验通常采用“金字塔”式的试验原则，最后安排极少量的弹头整体储存试验，来评定弹头储存使用的可靠性。

会议讨论中，邓稼先院长十分关注东风×号核弹头的储存试验相关情况，特别对二二一厂储存试验中的试件选取、使用和储存信息采集等工作给予了充分的肯定，还对我们将要继续安排的延长整体储存期试验研究表示支持。上一次见到邓稼先院长还是在“三炮不出中子”的批斗会上，这一次能听到他面对面的指导，受益匪浅。

京西宾馆的用餐，是不固定桌子和座位的，就像民间的流水席，一个桌上的人凑齐了，服务员会立刻上菜上饭。那时刚刚粉碎“四人帮”，邓颖超大姐等也住在宾馆的顶层，有一次非常幸运地和邓大姐一桌用餐，记得我和九院的几个年轻人有些激动，马上站起身来“迎接”，邓大姐非常客气地向我们问好，非常热情地让我们坐下用餐……

邓稼先院长和陈能宽副院长两个人饭后都要吃一盘冰激凌，可能是在美国留学时养成的习惯吧，我们年轻人都无法享受，太凉了，他们两人坐在那里慢慢地品尝着。餐厅小卖部每人每次可以买两盒中华烟或牡丹烟，这可是外边店里没有的，我们就几个人一块排队，五个人买一条，请服务员同志别拆开，带回去过年过节招待客人用。

京西宾馆的礼堂里每天晚上都放录像片，这可又是特殊的待遇，有时一晚连着放几部片，我记得什么《大白鲨》《华丽家族》等大片都是在京西礼堂里看到的，那时外边还看不到，没有公开放映呢！

休息时，邓稼先院长的房间总是我们年轻人常去的地方，因为他有一台录放相机，每天都放我们从没有看过的国外新片，有人说是从许德衍副委员长那里拿来的，好像邓院长也非常喜欢看大片。

后来知道，我国第××次核试验时，空投的一颗原子弹降落伞没有展开，原子弹没有爆炸，必须要找到这颗不响的原子弹，不然后果严重。就在这关键时刻，邓稼先说："我去，我去找！"因为没有准确的位置，一百多个防化兵也在寻找，一位基地领导和他一块跳上吉普车驶向大漠深处。他们要去寻找的是一颗可能已经摔碎了的原子弹。邓院长最清楚，原子弹一旦破裂，它释放出来的放射性钚，就会产生极大的毒害，因为仅仅一克重的钚，就能毒死一百万只鸽子，可以想象出它对人的伤害有多大了。但是，邓院长是明知山有虎、偏向虎山行。后来邓院长用望远镜观察发现了弹着点，下车顶着风沙跑去，还严厉地制止那位基地领导前去，说："站住，你去也没有用，没有必要冒这个险嘛！"弯腰仔细寻找、四处扫描，终于发现了一块原子弹的碎片。……许鹿希说：她保存着一张特殊的照片，那是邓稼先寻到那颗未爆炸的核弹碎片时拍下的。平时邓老从来不拍工作照片的，可能是找到那块核弹后，已经意识到了这件事对自己将会产生严重的后果，就一反平素的习惯，与同去的二机部副部长赵敬璞一块拍下了这张照片作纪念。其实，邓稼先长年工作在核武器的研制第一线，长期遭受放射性钚的侵害，然而这一次是最严重的一次，是超极限剂量的一次。

1985 年 8 月初，邓稼先应邀到张爱萍将军办公室汇报九院重建工作，将军发现他很瘦、气色也不太好，才硬逼着他到解放军 301 医院做检查，检查结果是直肠癌，已属中晚期，而且已向淋巴结及周围组织转移。手术时将军一直守在医院里，术后非常关注病情变化，还请朱光亚和核工业部的领导分别探视。手术成功、化疗痛苦、治愈困难。邓稼先却不顾自己的病情，在病床上工作着，与于敏、胡思得副院长研究我国核工业发展十年规划设想的建议书，1986 年 3 月 28 日，建议书由三人签字后上报……

1986 年 7 月 29 日，邓稼先与世长辞，终年 62 岁。8 月 3 日，在北京八宝山革命公墓礼堂举行追悼会，赵紫阳总理参加、胡启立主持、张爱萍将军致悼词。

9. 延长武器寿命

武器的使用服役寿命是武器化中的最重要的综合性能技术指标，第一代核弹头原设计的有效寿命期有限，超期服役的问题已经提到议事日程，部队也提出了延长武器寿命的需求，为此，“东风×号核弹头延寿技术论证会”对延寿提出了初步设想安排。该型核弹头的延寿任务落在了二二一人的身上。

延长武器寿命，对研制生产单位来讲，经济效益低，与生产一批新的弹头相比，延寿试验费用是个小数；对于参加延寿课题的技术人员来说，技术责任重大。但是二二一是国家的军工厂，二二一人是国家的人，我们视参加延寿为政治任务，是必须完成的历史使命，再硬的骨头也要啃，再大的责任我们担。决心为壮国威、军威再作奉献。

厂党委动员后，在苏耀光总工程师的组织领导下，从1980年12月至1983年3月，二二一厂完成了18项东风×号核弹头的延寿试验任务，我们四室参与组织完成了炸药部件振动、××组合件振动、××冲击、××力学性能、209部件加速延寿储存、整体储存延长寿命等试验任务。

1981年7月，我和王钰德、刘怀先、王有春四人到四〇四厂参加209部件加速储存寿命试验工作，同时参与的还有第二炮兵研究所的贺沙痕和军代表张增朝、钟明亮等人。当时，四〇四厂的厂长是祝麟芳、总工程师徐基乾，平时打交道最多的是全国劳动模范、四分厂的厂长张同星。

储存试验在四分厂的四〇二车间进行。这是个全封闭的负压车间，所有的部件加工都是在几排手套箱中进行的。进出车间执行着严格的放射性场地管理规定，男女是分别从车间的一、二层通道进出的。进入车间前要在更衣间把自己的衣服全部脱光放在编号的衣柜中，然后光着身子穿过检测间、淋浴间到工作服更衣间，把衣柜中的工作服穿戴整齐上岗工作；下班时走出车间，按照相反的程序和路径，光身进入淋浴间冲洗，必要时需用硬毛刷刷洗双手，然后进入剂量检测间检测，合格后才能穿上自己的衣服下班，如果不合格，则要重复冲洗、刷洗程序，直至合乎规定。这里的人员每天只工作半天。

我们这些人对此真的很不习惯，车间的人却已经习以为常了。到了这里我们才知道 209 部件到二二一厂已经是剂量很低的了，因为部件已经有了×××镀层防护和清洗，简单地说，这里车间内的工作环境的放射性剂量要比我们接触到的部件表面剂量至少高两个数量级。

8 月 1 日建军节，我和王钰德做东，在厂里的小饭店请几位军人吃饭庆祝“八一”建军节，特别是 1981 年的“八一”节。

张同星也是一位大学生，比我长几岁的技术干部出身，一个有故事的劳动模范。听车间的人说，他是个拼命三郎，工作认真细致，常与车间的工人师傅一道摸爬滚打，越是“脏”的地方越有他的身影，这里所说的“脏”是指放射性污染的“脏”。传说有一次通风系统出了故障，他居然一个人钻到通风管道中去处理故障，所以他超剂量了。

1981 年 12 月，209 部件扣装、高温循环、公路运输、储存试验全部在四〇四厂完成。

张爱萍将军非常关心国防工业战线的技术干部。1982年10月，航天工业部骊山微电子公司的工程师罗健夫，因忘我投身研制工作，当发现患有癌症时已是晚期了。之后他仍不疗养，坚持工作，直至不幸逝世，终年才47岁，英年早逝。张爱萍将军在痛心之余对罗健夫的忘我工作、无私奉献精神大加颂扬，主持和倡导向罗健夫学习。在落实爱护知识分子的活动中，将军又发现了在四〇四厂的副厂长兼总工程师张同星积劳成疾、身患胃癌。张同星那时已在核工业研制生产一线工作了21年，病后仍坚持工作，被称为“活着的罗健夫”。张爱萍将军立即指示国防科工委把张同星接到北京301医院治疗，期间还三次到医院看望，嘱咐医生一定要想方设法把他的病治好。当张同星病情日趋稳定准备返回时，将军还亲自送行并嘱咐说：“回去后，要遵照医嘱，及时服药、安心休养，一旦有什么变化，要及时来北京治疗。”张同星擦着眼泪说：“我是一个普通的科技人员，没有想到首长这么关心。”将军说：“你们都是国家的宝贵财富，保证你们的健康，是我的责任，也是我的心愿。”

有人告诉我，张同星回厂后，他的儿子大学毕业也回到四〇四厂，子承父业。直至辞世在西北大漠深处安息，张同星可谓是“献了青春献终身，献了终身献子孙。”这就是我们这一代涉核人的精神和情怀。

1982 年 7 月 28 日，五室完成了甲球出中子试验。结果表明：交付储存××年后的核弹头仍然能够产生足够的点火中子。1982 年 9 月 15 日，二二一厂还完成了引爆控制系统的飞行试验考核，这是一次典型的无线电遥测飞行试验。遥测结果表明：落点精度、触地、××××引信机工作正常可靠。出中子和飞行试验的圆满成功，为东风×号核弹头的延寿使用提供了重要依据。至此，所有 18 项试验完成，实现了第一代核弹头的延寿目标，明确给出结论：在允许更换有限寿命部件后，储存使用寿命从原定的×年提高到××年。

与此同时，七机部也完成了东风×号导弹的各项延寿试验考核。二机部、七机部的共同结论是：东风×号核导弹可以延寿使用。

10. 放射性皮炎

环境试验的人因为经常与不同型号的武器装备打交道，接触到核材料部件和放射性也是常事儿。周围的同事们对待放射性的态度因人而异，有的人特别害怕放射性，怕接触核材料部件，工作中除了按规定穿上防护服，带上水晶眼镜和手套等之外，还会在接触放射性淋浴清洗后扔掉所有的防护用品。D 技术员绝不吃草原上放牧生长的牛羊肉、蘑菇、野菜等，是个极怕型的代表。也有的人，大大咧咧，有时工作中不按规定穿戴必要的防护用品，该回收处理的防护用品他是自己洗洗留着用。Z 技术员会说："你看不脏，没有看到放射性嘛。"是另一个极端不讲科学、不学放射性常识的代表。

所以，为了适应工作的需要，我们环境试验人既要学习核常识，认清防护的必要性，保护自己，又要完成实验任务，大胆地工作，解除恐核心理。这时我们阅读的是《核武器效应》《辐射与辐照》等书籍，同时，请技安处防护科的同志讲课，学习防护常识。

事实上，地球上所有的生物都暴露在体内或体外各种天然的电离辐射之下。这是可以延续一生的慢性照射。主要的内源是放射性同位素钾-40，它是钾元素的正常组成部分，广泛地存在于自然界中；体内的碳-14 也具有放射性，但只是一种次要的内照射源。土壤和岩石中也存在着钾-40 及不同数量的放射性铀、钍和镭（例如现代大量使用的建筑和室内装饰材料中就含有来自土壤和岩石中的放射性)。从空间发出的各种"宇宙射线"是自然界中的另一类照射源。据统计每个人一生（平均寿命内）从自然界源中接受的总剂量大约为 0.1 希（沃特）或更多的全身照射。这种照射毫无疑问在人类生存的整个寿命期间是连续（累积）发生的。此外，人们在 X 射线胸透诊断，甚至于手表和仪器的夜光盘上，也会受到外照射。以上就是所谓的本底辐射。正常本底，晒太阳，从来也没有引起过人们的恐惧。

除本底辐射外，涉核人员还会受到核弹头材料的内外照射和坑道内的氡气照射剂量。

通常，人们关心的是核辐照的 α 粒子、β 粒子、γ 射线和中子引起的电离辐射，它能够直接或间接地对人、生物机体造成损伤，即当核辐射在人体活性组织中发生电离（和激发）作用时，使某些对于人体细胞正常功能有重要意义的组成部分发生改变或破坏，此外，其生成物也有毒性。通常电离辐射（经常使用这一名词是因为它还包括了一些与之有类似生物作用的非核辐射，如 X 射线）能使细胞的染色体破坏，细胞核和整个细胞肿大，细胞液黏性增加，细胞膜通透性增高，以及破坏细胞结构。同时，辐照后细胞分裂（或有丝分裂）减慢甚至常常失去分裂能力，故而使人体活性组织中正常细胞的新陈代谢受到抑制。最为严重和典型的是血液和造血器官的损伤。

实际上 α 粒子的穿透性很低，一层纸就可以阻挡，通常皮肤无外伤就能有效地挡住 β 粒子。γ 射线的能量很大，有人说它是无所阻挡的。而中子引起的眼球水晶体混浊的生物效应更大，就是说中子引起的白内障作用比 γ 射线还强。这里特别要提到的是钚，它是一种极毒的、放射性亲骨核素，极微量的钚进入人体就可能造成人员伤亡，空气中允许的浓度为 10^{-13} 克/升，人的终生剂量为 0.65 微克，生物半衰期为200年，或可诱发肺癌、骨癌和肝癌。就是说钚既是剧毒物又是强放射性物质，所以应绝对避免内照射。

那一年，我参加××批弹头209部件交付出厂前的质量检查工作。不知是什么原因七厂区停暖又停水，工作后没能及时淋浴清洗。记得在手套箱中拿起209部件时，感到其表面温度比体温要高些，这是材料自热引起的。几天后发觉手（特别是右手）、脸和脖子红肿，凡是暴露的部位都起小疱疹，到职工医院去看皮肤科，说是过敏性皮炎，给了一些激素类的药物，但是并没有疗效。真的是奇痒难忍，第一次体验到人们说的“越痒越挠、越挠越痒”的滋味。夜里无法入睡，就起来在屋里来回走动，甚至于小声地放电唱机里的儿歌，什么“小松树”“小螺号”等，几乎都是儿子听的歌曲。到青海省二院皮肤科去，又说可能是接触性皮炎，要通过大量的小块皮肤试验才能确诊……后来厂里派我随黄祖荫所长到北京出差，经胖子夫人李银芯介绍到北京协和医院皮肤科看病。接诊的科主任是他们的广东老乡。一进门坐下，才看了一眼，主任就说：“你是二炮的，还是二机部的人？你这就是典型的放射性皮炎！”又接着说：“你这种皮炎我治过，还专门研究了一种中草药配方的制剂，可涂抹外用，你试一试吧。但是你最好还是每天到什刹海的游泳池里泡上两小时。”就这样开了几样促排用的药，又取了两小瓶中药水（有特别重的大蒜味道)。每天吃药、抹大蒜味的药水，到什刹海泡泡，在北京的一个月，到协和医院去了四次，还真的有效，皮炎逐渐消除，皮肤又恢复了部分光泽，也不太痒了。还是北京协和医院的专家本事大，迅速确诊、对症治疗、效果显著。谢谢！胖子的广东老乡。

当然，一切核辐照都具有潜在的危险性。对于过来人，我对核辐照的认知是：工作中如果可能应尽量地采取防护措施，穿戴防护用品，合理地分配和限制接触时间等，以避免受到超剂量的照射；同时作为涉核人员也应消除恐惧心理，因为接触某种放射性物质又是不可避免的。就是说在提倡奉献精神的同时又要通晓一些防核辐照的常识，以便自觉地保护自己。各级领导，更要为操作人员提供必要的防护设施、防护物资，制定轮换工作制度，安排疗养休假等，特别要加强安全防护教育，提高实时剂量监测手段，制定应急预案，防止事故的发生，避免超剂量，确保核安全。

1985 年，《原子弹的突破和武器化》获得国家科技进步奖特等奖，（证书号 85-GK2-T-004-2）《氢弹的突破及武器化》同时获国家科技进步奖特等奖（证书号 85-GK2-T-005-2)，获奖单位是二二一厂、九院等。这是我国第一颗原子弹爆炸成功后，国家首次颁发的奖励，分别给九院和二二一厂各发奖金 1 万元。这对于当时拥有近 1 万名职工的二二一厂来说，平均每人就是 1 元钱。钱很少，但是荣誉是至高无上的。加上二二一厂自己拿出的奖励资金 10 万元，按一线最高 20 元，分三档发了奖金；九院也是 20 元，正如邓稼先对诺贝尔奖金获得者杨振宁说的：是原子弹 10 元、氢弹 10 元。这不是开玩笑，也不是传说，这是真的。

在原子弹、氢弹武器化的进程中，是否可以说也有环境试验人的辛劳、责任和奉献？

第十五章　核常兼备

据报道，全世界的核武器库中已有约两万枚核弹头，至少可以毁灭地球50次。但正是如此，核战争反而可能打不起来。不过，世界上局部战争连绵不断，常规导弹在战争中唱着主角，发展迅猛。

1. 常规办公室

随着军品任务的缩减，“保军转民”成为二二一厂的主攻方向，厂成立了民品开发处，陆续开发出调频广播6L双环天线、BP-1200型变频器、高原汽车涡轮增压器等民品项目。

1982年，科工委在北京“远望楼”召开会议。科工委怀国模副主任“核武器向常规转移”的讲话，给二二一厂指明了方向，工厂迈开了向常规武器开发转移的脚步。厂成立了以厂长为组长的常规武器战斗部开发领导小组，组织工程技术人员进行了多种型号的导弹常规战斗部的调研，确定了开发常规战斗部为工厂转民的主要方向。

1982 年 7 月 22 日，赵紫阳总理来二二一厂视察，在厂矿领导的陪同下来到二一五总装车间；1983 年 7 月 22 日，胡耀邦总书记也来二二一厂视察，还为二二一厂题词：“钻研新课题，更上一层楼。”

1983 年 7 月我获国家民委、劳动人事部、中国科学技术协会颁发的“少数民族地区科技工作者”荣誉证书，1984 年 10 月我和马秀芳获核工业部《第一颗原子弹爆炸成功》荣誉证书和金质奖章，1985 年 10 月又双双获得核工业部颁发的“长期从事核工业建设”荣誉证书。

实际上，核武器与常规武器在技术上是相通的，其中有些技术途径和试验成果是可以借用的，例如原来为部队研制开发的发烟发光训练弹头技术、核弹头研制定型中的环境试验技术成果等。在两年多的核武器技术向常规转移的探索中，为了加强常规武器的技术开发工作，1984 年 9 月，成立了 115 常规武器的研制办公室，由邢鹏翊任主任，成员有我和吕能和、尚书友等人。还请总体室的刘克钦、系统室的李国强、二分厂的杨笃等人参加对战斗部总体及引爆控制系统的研讨和攻关，确定了重点攻关项目和技术。

1982 年 7 月 22 日赵紫阳总理视察二二一厂

1983 年 7 月 22 日胡耀邦总书记视察二二一厂

关于第一个常规武器战斗部“115”的代号，是延用了核弹头型号顺序的设想，有人说二二一厂要开发常规战斗部，二二一的一半（除以2）就是“1105”，为与原核弹头的型号是三位数相一致，就叫“115”型吧。

1986年3月，中国正式宣布今后不再进行大气层核试验。

1986年6月，在总体室六厂区的623工号，常规办公室的邢鹏翊和我组织进行了“地地战术导弹115型杀伤爆破战斗部1∶1静爆威力试验”，这是一次常规武器战斗部设计、装药、起爆方式、测试方法和静爆效应的综合考核，采用了模拟人体厚度的多组木靶板和羊群做生物效应考核，不同厚度的钢靶板等做轻型装甲穿透考核。经静爆实验验证，115型战斗部的打击目标是：杀伤地面无特殊防护的集结部队以及轻型装甲车辆，70米处可以穿透6毫米的装甲钢板。静爆试验工作由总体室五室的马中臣、苗乡田、陈志刚、李国政等完成，试验获得圆满成功。

解放军总参谋部、国防科工委、二机部、航天部、中船总及上级部门的30多人参观了试验的全过程，标志着二二一厂在核武器技术向常规技术转移中迈出了可喜的一步。参观的同志们说：“这样规模大、质量高、装药多的静爆试验，显示了二二一厂雄厚的技术实力，具有研制、试验、生产常规战斗部的潜力。”还有人说：“我参加过上百次试验，从没见过组织得这么严密的。连几点钟干什么都规定得很严格，每道工序都有专人签字把关。试验人员一丝不苟的精神，健全的质量管理体系，给我留下了深刻的印象。”听到这样的评价，作为二二一常规办的人，心中也有一丝丝的欣慰。

其后，我们常规办又研制开发了“海鹰二号甲（HY-2甲）岸（舰）——舰导弹半穿甲战斗部”，代号116型，打击目标是大中型水面舰艇，威力达到一发击中舰艇要害部位可使其沉没或撤出战斗序列，穿甲厚度15~30毫米的装甲钢板。海军导弹部的刘部长曾带人来厂，调研了解HY-2甲的相关技术参数。半穿甲战斗部的可行性报告在激烈的招标竞争中一举中标。常规办还组织研制了100多种材质的穿甲弹，代号117，并在六厂区进行了实弹打靶试验，取得了满意的效果。两年多来，常规武器的开发研制，初见成果。

2. 参展国际防务技术展览会

1986年11月4日至11日，国际防务技术展览会在北京国际展览中心举行。受王菁珩厂长指派，吴文明副总工程师带领我和邢鹏翊、杨笃等人参观参展。任务明确，一是参观国际防务技术展览会，并尽可能多地收集国外参展的常规武器特别是导弹常规战斗部的有关资料，以供开发常规战斗部新型号时参考；二是我还要带着二二一厂已经

地—地战术导弹杀伤战斗部

岸（舰）—舰导弹半穿甲战斗部

Ground-to-Ground Tactical Missile
Fragmentation Warhead
Shore (Ship)-to-Ship Missile
Semi- Armor-piercing Warhead

China Nuclear Energ
Industry Corporation

EY-115 型、EY-116 型常规战斗部导弹模型预研开发的 EY－115 型地——地战术导弹杀伤战斗部和 EY－116 型岸（舰）——舰导弹半穿甲战斗部的模型和宣传资料、录像片参展。

由于我们厂参展的时间是安排在第二天随同中国原子能工业公司展出，所以都没有弄到第一天开幕式的入场参观卷。但是又知道第一天开幕式上将有中国领导人和军方将领出席开幕式，各国、各国际大公司的展馆、展台上都会提供最全面、最完整的相关展品技术资料，机会难得，必须想办法在第一天开幕式时进入展会、展馆。

清楚地记得，那天我很早就来到国际展览中心门前，距开幕式前半小时时，突然看到一个车队开来，我一眼就认出是朱光亚主任（时任国防科学工业委员会科学技术委员会主任）一行人员，机会来了！我立刻跑上前去向朱主任问好，朱主任也已经认出我并问："小刘，你干什么来了？"我说："厂里正在开展导弹常规战斗部的研制工作，急需开拓眼界，收集和了解国外的相关资料，但是没有今天的参观券。"朱主任非常亲切地说："别急，就跟着我们一块儿进去吧！"还对身边的秘书说："这是九院二二一厂的小刘，带他进去吧！"……命运真好，那天享受的是高级别的礼遇，每个展馆、展台早就为你准备了一袋（份）完整的资料，半天下来我收集到的资料有十多公斤，厚厚的一大堆，把我带的提包都塞满了。什么美国、法国的红外线跟踪制导的"响尾蛇"导弹，美国激光制导的炸弹

（破坏机场跑道的）、反坦克的“铜斑蛇”导弹，西德的“鸬鹚”、法国的“飞鱼”等反舰导弹，英国的反辐射导弹、国际合作研制的“米兰”（MILAN）、“霍特”（HOT）导弹……反正是给什么资料要什么。回到招待所发现，每个资料袋中还都有一支圆珠笔，那时我们叫“原子笔”，在中国还是新鲜物，就送人用了。

第二天，我和小张两人去参展，地点在中国馆大厅，展台是中国原子能工业公司租用的，我们能占用的也就是2米×2米的面积，展出了厂里精心制作的EY-115型和EY-116型两种常规战斗部的模型，并带录放机等设备连续播放EY-115型战术导弹杀伤战斗部静爆试验的录像片。来参观的人还很多，有中国人也有外国人，原来印制的500份宣传资料，半天就送光了。

这一次参观参展，极大开阔了眼界，见到了多种国外的常规武器（飞机、坦克、火炮、枪械、导弹等）的模型、录像和资料，也同航天部、兵器部、航空部的参展人员进行了交流，收获巨大，谢谢朱光亚主任。

3. 迎接新挑战

1986年7月的一天上午，在厂办公楼的常规武器研制办公室，邢鹏翊向我们传达了一个重要的任务信息，说是昨天下午快下班前王厂长接到了部军工局刘皋（哈工大的校友）局长的保密电话："科工委来电话，急需一种装载常规弹头的导弹系统，能形成一种威慑力量，能否在半年内交付，下班前给我一个答复。"昨天下午厂长已和他们几个有关负责人研究，他也与总体室负责爆炸装置设计的刘克钦、一分厂负责引爆控制系统研究的李国强和三分厂负责装置加工生产的林曰坤认真讨论，结论是：根据电话中"能形成一种威慑力量"的要求，已提出了初步的技术方案，充分利用二二一厂核弹头研制的成果和近两年多来在115、116、117常规武器战斗部的研制试验经验，可以在九个月内完成交付任务。厂长已经向刘皋局长明确答复。听到这个好消息，我们常规办的几个人都很高兴，是的，这是个重大的机遇，是大好事。心想机遇总是会给有准备的人，我们常规办从1982年以来坚持常规战斗部开发研制的成果可以转化为生产力了，可以有效益了。

但这也是一个新的挑战，因为时间紧迫，只有九个月的研制生产周期，同时还清醒地认识到总体设计和引爆控制系统的近炸引信机等能否在短期内取得突破是按期交付的关键点。由于使用环境条件苛刻，可能还要安排必要的补充环境试验考核，就是说还是有挑战、有风险的。

机遇与挑战并存，这项任务是政治性、时间性、保密性都很强的指令性任务。上级机关命名这项任务为"××工程"，成立了"××工程办公室"，厂内任务代号是

“118”。这项任务给二二一人注入了一股强大的动力，我们深信经过核武器研制定型、生产交付锻炼培养的二二一人有信心、有能力、有智慧实现技术突破，只要努力拼搏，就一定能够保质、保量按期完成任务。

迎接新挑战，常规办公室的几个人全力投入到研制开发和谈判准备的各项工作中。

1986年年底，吴文明副总工程师带领邢鹏翊、叶钧道、杨云和我共五人到北京与××工程办公室主任游石松带队的五个人谈判合作协议书，谈判地点在部军工局的小会议室。合作谈判也是一项很艰巨细致的任务，一是战术技术指标、二是单发价格、三是鉴定试验项目。双方进行了三次谈判，几次反复推翻，邢鹏翊和我两次退掉返厂的火车票，最终双方达成了一致意见，还是在北京——西宁的卧铺车的车厢小桌上由邢鹏翊以厂常规武器办公室主任的名义与××工程办公室主任游石松草签了双方合作协议书。当时在军工局已经听到了二二一厂要撤点销号的消息，为了争取时间，回厂后立即投入到研制试验的各项准备工作中。

我们技术研究部环境试验室充分利用核弹头研制试验的成果，经过认真论证、计算和分析，明确地提出了常规战斗部的运输、振动、冲击、低温等项试验可以借鉴核武器研制试验的相关结论，不必再做试验考核；但是，根据新的常规战斗部的使用环境、总体结构的变化和战术技术指标要求，尚需安排高温（含太阳辐射）试验和装置结构的综合静力试验考核。加上静爆威力试验，技术鉴定试验只需安排三项试验考核。

草签合作协议后，双方都在努力，希望早点签订正式合同。经过双方多次沟通和交流，终于签订了研制、试验、技术鉴定、产品交付合同。

4. 再挑担子

1987 年 1 月至 7 月，118 战斗部的研制、试验等各项工作全面展开。吴文明副总师带领邢鹏翊、刘克钦、贾占坤、王长荣、宋畔琴等人完成了 118 杀伤爆破战斗部的总体设计工作；吴景云副总师带领李国强、李岳栓、张京伟、李亚非、吴杏杲等人完成了无线电近炸引机的研制；叶钧道副主任带领马中臣、苗乡田、陈志刚、柳荣溢、李国政等人完成了 118 战斗部的静爆威力试验。

记得 1987 年 1 月初的一天，吴文明副总师（兼技术研究部主任）把我叫到他的办公室谈话，要我在完成常规办公室任务的同时，回技术研究部组织实施静力和高温两项试验任务，那时我还是技术研究部环境试验室的主任，没什么说的，必须担起这付重担，带领全室向前冲。

1987 年 1 月起，118 综合静力强度试验在四〇七工号内有序进行着。谢新琼负责设计了试验联接支架，李毅完成了结构强度的力学计算，蒋海桂完成了传感器贴片和测试仪器的调试等工作。3 月的一天下午，静力试验正在加载进行中，王厂长和张书记陪着二炮技术装备部的粟前明副部长到四〇七视察。粟副部长是受张爱萍将军委托，只身来二二一厂的，表面上是来考察了解××工程（118）的进展情况，实际上是受张爱萍将军之托，来了解工厂调整的有关情况，并让工厂准备了一套厂、矿领导和技术人员的花名册。听完工厂的汇报后，粟副部长首先传达了张爱萍将军对全厂职工的问候，说："张爱萍将军非常关心工厂的调整，厂的调整工作是一件很复杂的事，这次叫我来了解了解厂的情况。二炮对在河北建厂很有兴趣……你们可以研究。"

在四〇七工号试验大厅，粟副部长认真地询问有关静力试验的情况，由于和粟副部长曾有过一面之交，知道他是哈尔滨军事工程学院毕业的，曾在七机部某研究所工作，我们几个技术干部就向他反映：干了二十多年的武器试验工作，怕下山后难以发挥技术专长，到底去哪心中没底。粟副部长笑着说："厂里有详细的安排，你们会有用武之地，也会得到妥善安置的。"其实早已听到关于二炮要接收一部分专业技术人员和技术工人的传说，粟副部长没有说"二炮欢迎你们"，但我们的心中暗暗有了调入二炮工厂的想法。

粟副部长离厂时，厂里还有许多话要向首长反映，工厂写了一封长信，请粟副部长带给中央军委主席邓小平同志。小平同志认真看了带去的资料和长信，沉思一会儿说："可惜是可惜。十五年打不起仗来，就是要压缩，也只能这样办。"听到小平同志也发话了，二二一厂领导们不再有什么幻想了，一心一意按着中央的部署和要求搞好撤点销号工作吧。

与此同时，118 弹头的高温试验工作也在四○二工号内进行着各项准备工作。首先要制定高温试验的环境条件和试验程序。我在编写试验方案时，查阅了美、苏、法等国的军用标准和试验规范，查阅了使用阵地的相关气候资料，参考外军的《环境试验方法和工程导则》中的试验方法，制定了 118 高温试验程序和考核环境条件，经实验证明科学合理。试验前的理论估算表明，高温太阳辐射下的弹仓温度仍然偏高，超出了原设计的上限。为此，我根据核弹头野外试验的实测数据和经验，提出了将原来的绿色弹头改涂白色弹头的建议，并被采纳。试验实测结果表明，白色弹头的外表面温度比绿色弹头降低了×× ℃，就是说降低了太阳辐射下的增温率，起到了可观的降温效果，取消了原定的弹头降温技术设备，是一项合理的技术措施。高温试验时的太阳辐射模拟装置是第一次使用的，由郑自和完成了总体设想方案，谢新琼负责机械结构设计，我负责调研选用了热源型的辐射器件。高温试验又是全员上岗、全室参与、一专多能，认真有序地进行着。

一天下午，二炮杨桓副司令员在王菁珩厂长、任春泽副厂长的陪同下来四〇二工号检查高温试验情况。在 $160m^3$ 高低温试验室外认真地询问着试验条件和试件状态，在测试间向参试人员问候，在远控间通过工业电视机观看正在经受着高温考验的白色弹头的全貌，离开四〇二工号前还在不停地向我提问相关技术问题。

杨桓副司令员视察四〇二试验室

在半年多的时间里，我们环境试验室的全体同志响应厂党委号召，在四厂区齐心协力、拧成一股绳、奋战拼搏、站好最后一班岗，按时保质完成了综合静力强度和高温试验任务，两项试验任务均获得核工业部科技进步三等奖。

谁能想到，这是我在撤厂前完成的最后两项环境试验任务了。

5. 技术鉴定会

按照合同要求，常规武器研制办公室进行着技术鉴定会的各项准备工作。根据策划安排，技术鉴定会分为厂级和部级技术鉴定会，要先后进行，鉴定会由秘书组负责，组长邢鹏翊、副组长潘长春，我和王光印是秘书组成员。半年里，潘长春和我两人参与组织完成编写了 37 份、约 40 万字的部级鉴定会资料，其中《关于召开 DF-×弹头 118 部级鉴定会》的通知、《报送 118 弹头战斗部鉴定申请报告》由我执笔，整体高温试验设想方案和技术总结报告是我和郑自和共同完成的。我和王光印等人还编写了试验录像片的分镜头脚本和解说词，并参与了会议的其他准备和接待会务工作。

1987 年 7 月 28 日，118 技术鉴定会在二二一如期举行，××工程办公室、核工业部科技委、二炮弹头所等三十多人参加了会议。会议播放观看了王光印、李劲松、王爱民和我等人编排摄制的录像片《裸体炸药爆轰试验、近炸引信爆高模拟试验、综合静力强度试验、高温试验、静爆试验、系统联试》（资料、宣传片），并在详细地审查了

37 份会议资料后，给出技术鉴定结论：“……118 产品的各项技术指标，均达到了规定的要求，同意通过部级鉴定，可以正式投入批量生产。”就是说新研制的 118 常规战斗部成功了，这一鉴定结论给二二一人以巨大的鼓舞和充分的肯定。

按照研制合同规定要求，1987 年 11 月 23 日进行了 118 弹头实弹飞行试验，试验获得圆满成功。至此，中国加入到了在战略导弹武器上装备常规战斗部的国家行列，实现了“核常兼备”。

当然 118 政治任务的完成，也带来了可观的经济效益，为撤点销号、下山安置二二一厂的广大干部职工，提供了部分安置资金。

第十六章 “两弹一星”精神在这里延续

1987年6月24日，国务院办公厅、中央军委办公厅的国办发（1987）40号文件《转发国家计委、国防科工委关于撤销核工业部二二一厂的请示的通知》正式下发。自此，二二一厂下山安置、再创业开始了。

1. 撤点销号

安置实施办法中说：二二一厂是五十年代后期，在以毛泽东同志为首的老一辈无产阶级革命家和周恩来总理为首的中央专委的领导和亲切关怀下，筹建的我国第一个核武器研制、试验、生产基地。在全国的大力协同下，经过三十余年的艰苦奋斗，为我国的核武器事业作出了重大贡献，建立了历史功勋，圆满地完成了党和全国人民赋予的历史使命……二二一厂职工在海拔三千五百米、高寒缺氧的环境下生活、艰苦创业。目前，由于科研生产任务的调整，军品任务大幅度削减；职工队伍特别是技术干部和技术工人后继乏人；绝大多数离退休职工不宜在当地安置、异地安置又十分困难；大批待业青年就业难，形成了严重的社会问题等许多难以解决的问题。考虑到三线建设已基本形成能力，建议予以撤销……

从厂、矿领导开始，这一文件是逐级分批在厂内传达宣读的。

1987 年 8 月 22 日，蒋部长、李副部长、刘书林顾问，国家计委、国家经委、国防科工委等业务部门的领导率有关部委司、局领导来厂宣讲 40 号文件。

当时的草原上是一江春水向东流，家家都在商议着、盘算着自己的去向，但是二二一厂还要保证按期、保质、保量完成 118 批生产任务，站好最后一班岗。当然，还要确保生产安全和社会的稳定。

1991 年 8 月 26 日，在职职工和离退休人员两个安置实施办法出台。安置原则是“相对集中、合理分散”，并建议对我国核武器研制生产作出重大贡献的职工，即第一颗原子弹试验前入厂的职工在安置时给予适当的生活补贴

(我和爱人是每人 2734 元的“特殊贡献奖”)。具体的安置办法是：离退休人员以老带小，即子女跟着父母走；在职职工以小带老，即子女带着父母走。按照规定可在原调出单位、原籍或配偶、子女所在地安置或安排工作，并解决住房。最终，二二一厂职工和离退休人员及随迁家属子女共三万多人胜利地完成了安置工作，分别定点安置在安徽合肥、山东淄博、河北廊坊、青海西宁和全国 27 个省、市、自治区的 532 个市县分散安置。

40 号文件下达和安置过程中，二二一人强烈要求，兴建个纪念碑，印发个纪念册，以怀念草原人艰苦奋斗的岁月，纪念为我国原子弹、氢弹突破和武器化而献身的光辉历程。1992 年 9 月 1 日，中国第一个核武器研制基地纪念碑的奠基仪式隆重举行。纪念碑由厂工会副主席李纯荣(一级美术师）设计，原设计高度为 10. 16 米，象征着我国第一颗原子弹 1964 年 10 月 16 日爆炸成功的日子；后来又发现不够雄伟，又改设计高度为 16. 15 米，可解读为 16 日 15 时启爆。纪念碑的正面（东面，面向北京)，是张爱萍将军亲笔题写的十二个行书大字“中国第一个核武器研制基地”，南北两个侧面分别是原子弹和氢弹爆炸的蘑菇云浮雕，纪念碑背面是用仿宋体镌刻的碑文：

中国第一颗原子弹在这里诞生，中国第一颗氢弹在这里研制成功。一九六四年十月十六日，中国首次核试验爆炸成功，它向全世界宣告：站起来的中华民族终于有了自己的原子弹。为打破核垄断、维护世界和平做出了历史性的重大贡献。

一九五八年，在以毛泽东主席和周恩来总理为首的老一辈无产阶级革命家的决策和领导下，独立自主，自力更生，创建我国第一个核武器研制、试验和生产基地——二二一厂。三十多年来，广大科技工作者、工人、干部、牧工、家属和人民解放军、警卫部队指战员，在党中央、国务院、中央军委、中央专委的统帅和指挥下，在全国和青海各族人民的大力协同下，在这块一千一百七十平方公里的神秘禁区内，艰苦创业，无私奉献，团结拼搏，勇攀高峰，攻克了原子弹、氢弹的尖端科学技术难关，成功地进行了十六次核试验，实现了武器化过程，生产出多种型号战略核武器装备部队，壮了国威、壮了军威。这一壮丽事业是几代人连续奋斗的结晶，多少人为之贡献了青春年华，有的献出了宝贵生命，党和人民不会忘记，共和国不会忘记。

雄关漫道真如铁，而今迈步从头越。遵照党中央、国务院的战略决策，二二一厂已经完成了它的历史使命，万名职工和他们的家属，带着核事业的优良传统和草原人的创业精神，告别核基地，奔赴新岗位，为我国社会主义建设，谱写更新更美的篇章。

为中国核武器建立了历史功勋的人们，功载千秋！

中国核工业总公司二二一厂建立

一九九二年九月一日

纪念碑的顶部四面是四只展翅翱翔的和平鸽，向世人宣告，中国人民是爱好和平的，我们发展核武器的目的在于防御和打破核垄断；顶端是一颗闪亮发光的原子弹模型，寓意着中国的第一颗原子弹在这里诞生；纪念碑下方底座每面有 9 个盾钉，可以解读为从 1958 年建厂以来二二一厂 36 年的光辉历程。1993 年 4 月 25 日，纪念碑隆重落成，向世人展示。

1995 年 5 月 15 日，新华社向全世界公告："我国第一个核武器研制基地全面退役。这个基地位于青海省，曾为研制我国第一颗原子弹和第一颗氢弹作出历史贡献。这个基地环境整治，符合国家有关环保法规的要求，并已通过国家验收。目前基地原址移交地方政府利用。"

如今，核基地已化剑为犁，成为青海省海北藏族自治州的首府，并建有"原子城纪念馆"，成为中国爱国主义教育的基地。

2. 第二次创业

经过认真考虑，我选择了到河北点继续工作，爱人在二二一厂退休，就是大家叫“一干一退”的下山模式。

当时二二一厂对河北点采取“积极推进、优先优惠，建厂、安置同步进行”的原则。1988 年 9 月，以二二一厂副总经济师于永宽为首的筹备小组成立，我是成员之一。1989 年 1 月，春节刚过（正月初三），我就动身来到河北廊坊，参加了 2673 工程指挥部的工作，共建指挥部的总指挥是张宝儒总代表（大校），我任基建处第一处长、科技开发处处长。记得还是粟部长和邓先群夫妇带着我们指挥部的人到河北省省会石家庄去办征地手续，征地手续上一共盖了××个公章，由于是粟部长出面，省里也是特事特办，三天后全部办完。立项、征地、施工设计、招投标等工作全面铺开，因为山上的人都在等着下山转移安置，所以和二二一厂创建初期的“先生产、后生活”不同，我们这里是生产、生活设施同步进行。说实话，指挥部的生活条件艰苦，征地丈量后的第一个晚上，我和张定远等四个人带着一辆面包车、四把折叠椅看守工地（防当地老乡偷土卖），一晚上叫蚊子叮了 80 多个包；后来砌了围墙，工地上只有三间平房是我们的办公室、值班室和食堂；那一年的春节我们是在工地上度过的，张总和于总给我们每人半根后奕粉肠（当地产的）、半只小烧鸡（拾元钱三只）、一瓶啤酒、一条小鲫鱼（食堂自己熬的），端着搪瓷盆、靠着三间房的墙边过年。为了赶进度，厂区和生活区一共同时开建了十八项工程项目，我们指挥部的人是往返于设计单位（石家庄核工业第四研究设计院）和工地之间，刮风、下暴雨都在工地上，有时要淋个落汤鸡。为了确保施工质量，我在一个多月内阅读了工业和民用建筑专业的几本书，基本上了解了工程建设中的通病和防范时段、要点，几乎每个晚上基建处的人都要带着手电爬上楼（没有扶手）去查验钢筋的铺设是否符合设计图纸要求，隋勇年轻些，动作较敏捷。有的施工单位说我们太认真，有人说你们西北下来的人太傻，其实心中都明白。

1989 年，是我们二儿子高三毕业参加高考的一年，我一直在工地上坚守着，都是爱人一个人陪着孩子备考学习。等到我请假回厂时又碰上天水塌方，火车退回北京后再买下一趟车票，回到草原时已是高考的前一天了。为了安置下山基建工作，真的对不住孩子。好在儿子还真争气，那一年他考了矿区中学的前四名，高考成绩是青海省的第六十六名，被天津大学机械工程系录取。

经过工程指挥部全体同志三年多的克服困难、辛勤工作，厂区一座现代化的工厂平地而起，生活区一排排的宿舍楼基本完工，调入的人员陆续从青海分批下山，几个专列的设备、仪器、物资也从青海运来。

1991 年 11 月，我回厂带领最后一批二百多人下山，同时回厂办理调动工作手续。组织装车调度又一个搬家物资的列车从山上运出，人员是乘两节硬卧车加挂到西宁至北京的客运快车的后部。清楚地记得，那天人员从草原上动身时，俱乐部门前一片难忘的景象。送行的领导、同事、同学、老乡有几百人，说不完的话、道不完的情，有人哭泣、有人说笑，有人握手、有人拥抱，真的难舍难分。是啊，想着我们这一代人，从毕业时是二十多岁的年轻人来到草原，到现在已是五十多岁了，在这里工作生活的一幕幕，记忆犹新，好像就在昨天……望着远方的雪山，想说：就要分别了，我们的第二故乡。面对就要分别的一同战斗过的友人，心中想说：互祝珍重、一路平安！

1992 年 2 月 28 日，上级下达了第六九一六工厂第一届厂领导的任命令，于永宽是第一任厂长，我是第一任总工程师。

张爱萍将军题写了工厂的厂名，第二次创业开始了。建厂初期，条件艰苦、资金不足，厂领导和全体下山职工一起自己动手卸专列、安装设备、测试仪器，一身汗、一脸土、边建设、边安装、边生产；自己挖电缆沟、铺设动力电缆，挖暖气沟、焊接供暖管道；挖树坑、植树绿化……那场面是热火朝天。1992 年第一年投产就完成了上级下达的三项军品任务，受到了通报嘉奖、并授锦旗，初战告捷。工厂一年上一个台阶，初具规模；生活设施逐步完善，还大家一个宜居的生活环境；还以小带老，安置了100户离退休老职工在这里落户。

1996年5月在第二炮兵第四次科技大会上，我获得了“八五”“先进科技工作者”的荣誉称号，并授证书和奖章。1996年于厂长退休，第二任隋厂长又带领一班人进行二期工程建设；开拓军品生产的新装备、新型号任务，更新换代了设备仪器，兴建新的维修生产线；工厂的质量管理上了一个新台阶，通过了GJB-9001质量管理体系认证、GB/T-24001环境管理体系认证和GB/T-28001职业健康安全管理体系认证；多项科研生产项目课题获军队科技进步奖，工厂荣获河北省“五一劳动奖状”、“省精神文明单位”等多种荣誉称号；工厂经济效益也大幅提高、职工工资福利不断改善，第二次创业，硕果累累。

3. “两弹一星”精神在这里延续

核工业部的老领导、老专家们非常关注下山安置的工程建设。1990年起刘书林顾问曾三次来现场指导检查工作。1991年2月8日，李觉将军在二二一厂原副厂长蔡金生的陪同下来到工地，认真地询问着总体设计和进度安排。当我们汇报新建工厂的大门设计图样时，特别汇报说：从正面看（正视图），大门左边是一个小“厂”字形，进到门里向外看则左边设计成一个大的“厂”字形，寓意着这个厂是从二二一厂转移下山的一个小厂，有二二一作后盾。听后，李觉将军非常高兴地说：“好！好！”李觉将军八十大寿时，我们在工厂自己办的小饭店给老人家祝寿庆贺，李觉将军对于厂长说：“你们是二二一厂撤点销号后唯一一个成建制下山的单位，你们600多人都是从二二一厂调来的，一定要继承和发扬自力更生、艰苦奋斗、无私奉献的草原大会战精神，把工厂建设好，把职工家属安置好，为国防事业服务好。”

1993年10月20日，李觉将军与王淦昌院士一起来工厂视察指导工作，看到工厂已初具规模，二位老人那天好像都很激动，重复地讲着你们是二二一的继续和发展，还欣然在我的纪念册上题词。

李觉将军的题词是“努力钻研科学技术，认真做好产品质量，为增强国防实力奋斗”，这是要我这个总师一定要钻技术、抓质量。王老的题词是“继续奋斗、为国宣劳”。我理解“继续奋斗”就是要我们把“两弹一星”精神在这里延续，弘扬光大，“为国宣劳”就是要为国家利益、为国防科技事业效劳终生。辞海中这样记述了“宣劳”之意，宣劳——犹言效劳，杨万里的“雨过郡圃行散”诗中有“主管园林莺称意，巡行荷芰鹭宣劳。”牢记王老的教导，“继续奋斗、为国宣劳”的爱国敬业精神永存。

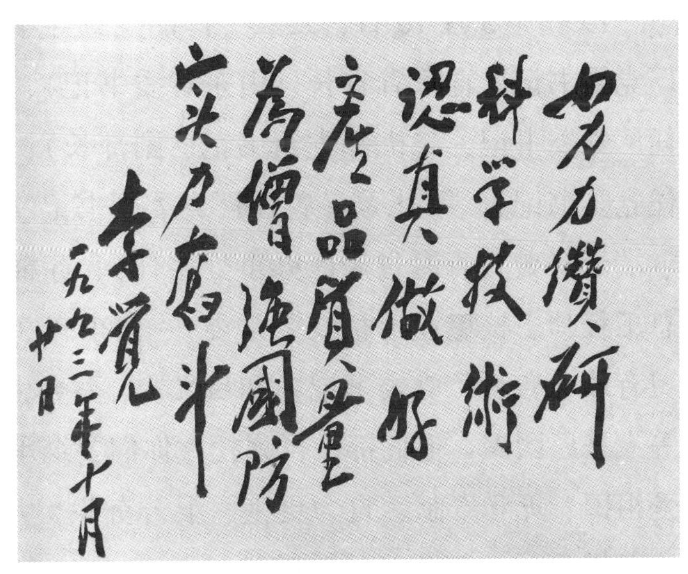

李觉将军题词

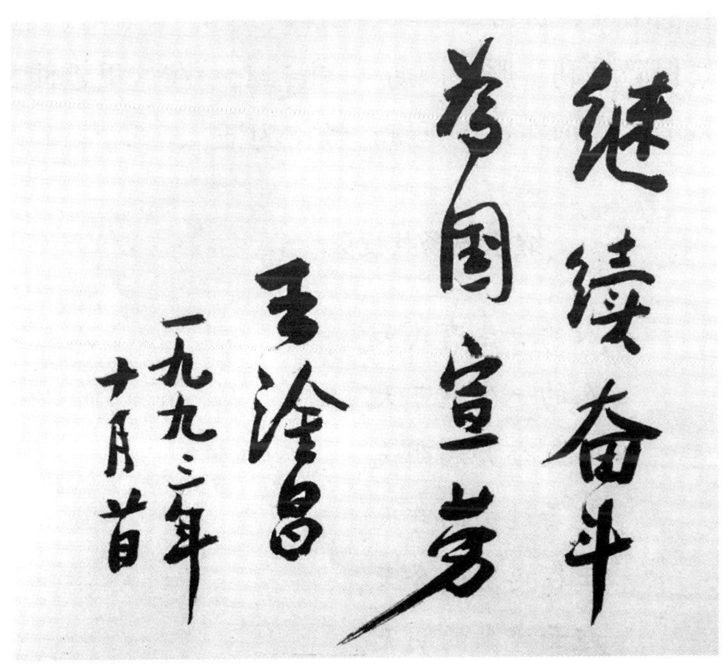

王淦昌院士题词

1996年3月10日，二二一厂的老领导梁步庭（曾任厂党委书记、青海省省长、山东省委书记）、刘书林（曾任厂党委书记、二机部党组书记、副部长）、郑祖英（曾任党委书记）、梁礼秀（曾任厂党委副书记、纪委书记）、卞端云（曾任青海省矿区办事处主任）、苏耀光（曾任厂总工程师、核工业部科技委常委）、白东齐（曾任厂长）、刁有珠（曾任厂党委书记）和吕义晋、蔡金生两位副厂长等人来厂团聚，他们都一再嘱托，你们要继承和发扬“热爱祖国、无私奉献、自力更生、艰苦奋斗、大力协同、勇于登攀”的“两弹一星”精神。

请各位老领导放心，二十多年来，工厂的几任领导带领全体职工“团结、拼搏、求实、创新”，“以人为本、追求卓越”，“保障有利、服务国防”，把二二一在这里延伸，让“两弹一星”精神在这里延续。续诗为证：

继承发扬共祝天

人的一生有几天？
人的一生就三天，
昨天今天和明天。
跑着过去的昨天，
正在走着的今天，
迎面奔来的明天。
两弹一星的昨天，

热爱祖国、无私奉献、
自力更生、艰苦奋斗、
大力协同、勇于登攀。
核心价值观今天，
富强、民主、文明、和谐、
自由、平等、公正、法治、
爱国、敬业、诚信、友善。
圆梦中华赞明天，
精神延续、创新发展，
中国创造、生根开花，
神州复兴、富国强军。
当昨天变成今天，
遥望金银滩蓝天，
你我欢聚共祝天。
当今天变成明天，
两个百年那一天，
再祝小康天天天。

4. 工资表的变迁

《国家人文历史》书中揭开了开国领袖们工资的秘密。书中说 1955 年前领袖们实行的是供给制，1956 年开始实行等级工资制，国务院第一次制定的工资方案，行政级从一级到二十四级。一级是军委主席毛泽东（大元帅）600元；二级是副主席、总理550元，包括朱德、刘少奇、周恩来；三级是元帅500元，包括陈云、邓小平和各位元帅；四级是大将450元；五级是上将和大军区正职400元。方案报给毛主席，他看到后说："我看不妥，这样不利于团结，贫富差距要缩小嘛！"于是，周总理又想出一个折中方案，原划定的二十四个等级未变，工资稍有改动，最终是一级594元；二级至五级依次为536元、478元、425元、383元，级差最大40元、最小5元，军队干部比地方高30元左右。当时评为行政一级工资的，只有毛泽东和宋庆龄两个人。1956年在党的八届二中全会上主席又对等级工资制提出了批评："现在高级干部拿的薪金和人民群众生活水平相比，悬殊太大了，将来可以减少一些薪金。"国务院迅速地拟定了降薪方案：党政高级干部，即行政十级以上的干部全部降薪，降薪后行政一级为504元、二级降为454元、三级降为405元。三年困难时期，领导干部们又再次降薪共度难关，毛主席和周恩来主动把工资降到三级，每月调整到404.8元，自此直到毛泽东、周恩来去世，这个标准一直未动。就是说，我们毕业后参加工作时，领袖们的工资不高。

翻阅家中的账本，上面清楚地记录着从1964年9月到二二一厂报到，至退休前的工资变迁，觉得值得一阅、很有故事。

1964 年 9 月，发放的第一个月的工资是 77. 72 元，是实习生的工资；1965 年 8 月，转正定级的工资是 126. 75 元（其中基本工资 75 元，加上地区补贴、物价差、事业费、高原补贴、书报费、洗理费等）。定的是技术级 13 级（行政级二十一级）的工资，当时我的同班同学在北京是 56 元，在上海是 58 元，据说是周总理指示定的全国较高的工资标准。

1964 年至 1979 年全国十五年没有调整工资。

1979 年 10 月，晋升为工程师，并调整一级工资，每月工资 134. 25 元（基本工资 83 元，一级差 8 元），是十五年来第一次调工资。

1983 年 10 月，全国普调一级工资时，按照文件规定给技术干部上调了二级工资，是技术 10 级，每月工资 183. 94 元（基本工资 105. 50 元，二级差 22. 50 元）。

后来出现了浮动工资和按人员比例限额调整工资，各单位为了减少矛盾，扩大调整范围，又出现了调半级工资（副级）现象。

1984 年 4 月，浮动调整一级工资；9 月又实行 20 年工龄的固定一级工资，结果是调到技术 8 级，每月工资 238. 81 元（基本工资 135. 50 元）。

1985 年 1 月，高于行政 17 级的党员干部扣工资 1%。7 月进行工资改革，定为技术 7 级副，每月工资 300. 20 元

（基本工资164元）。

1987年4月，浮动工资变为固定工资，技术6级副，每月工资326.29元（基本工资183元）。

1988年4月，评聘为高级工程师，每月工资338.89元。

1989年4月，调升1.5级工资（含奖励晋级半级），为技术5级，每月工资379.15元（基本工资209元）。

1990年1月，调升为技术3级副，每月工资423.69元（基本工资243元）。

1991年11月，调出二二一厂前的工资是每月437.15元（基本工资249元），技术3级副。

1992年1月，下山调入新厂，首长指示和机关决定每个人的工资收入基本不降，套改成技术一级，每月工资351.50元（基本工资324.50元）。至2002年10月退休前，又调升了5次工资，不知是什么技术级别了。

1995年11月2日，我被总后勤部聘任为全军企业工程系列高级技术职务任职资格评审委员会委员，有人问你是几级？我和他们调侃说，我没有技术级别了，是零级以下了。

1992年10月，经国务院批准享受政府特殊津贴，现在是每月津贴600元。

1999年1月，经第二炮兵批准为唯一一位不穿军装的第二炮兵导弹技术专家，每月津贴100元（退休后停发）。

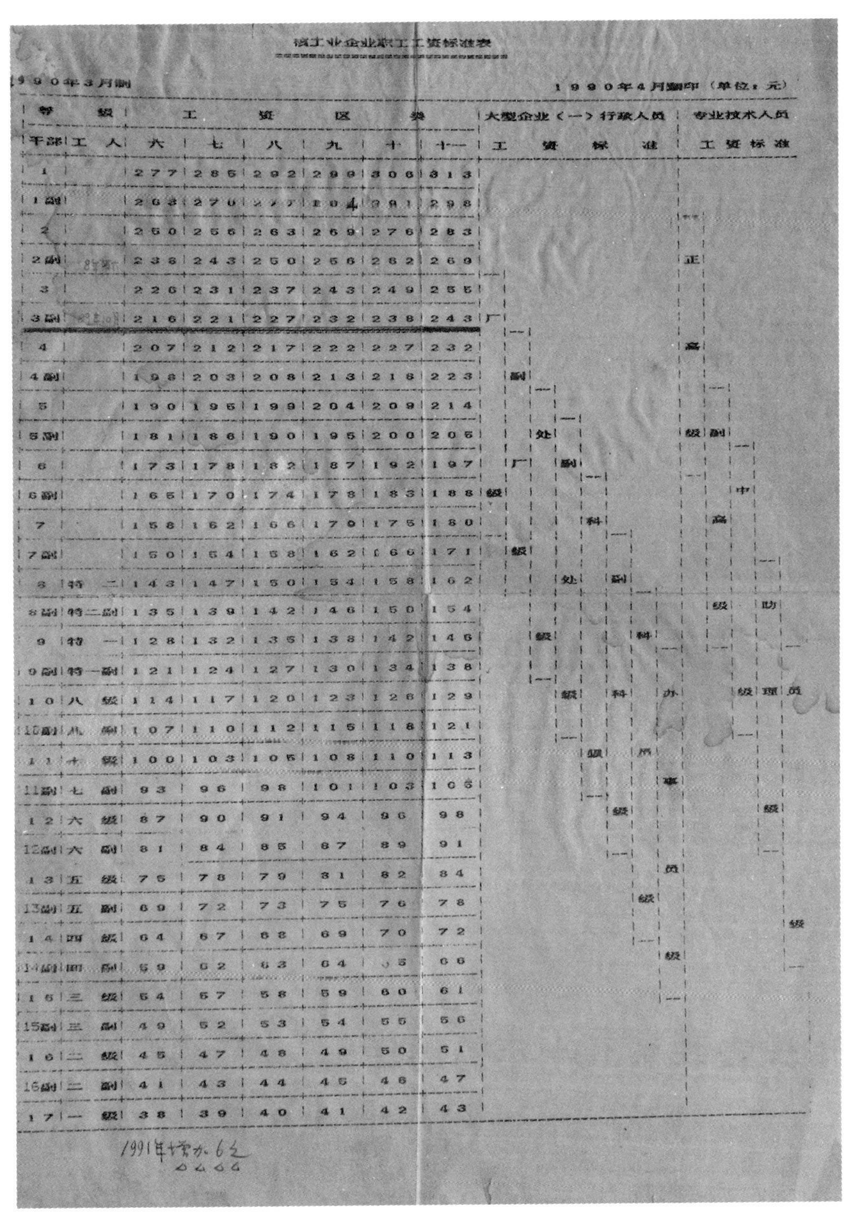

核工业企业职工工资标准表

1990年3月制　　　　1990年4月翻印（单位：元）

等级		工资区类						大型企业（一）行政人员	专业技术人员
干部	工人	六	七	八	九	十	十一	工资标准	工资标准
1		277	285	292	299	306	313		
1副		263	270	277	284	291	298		
2		250	256	263	269	276	283		正高级
2副		236	243	250	256	262	269		
3		226	231	237	243	249	255	厂级	
3副		216	221	227	232	238	243		
4		207	212	217	222	227	232	副厂级	
4副		198	203	208	213	218	223		
5		190	195	199	204	209	214	处级	副高级
5副		181	186	190	195	200	205	副处级	
6		173	178	182	187	192	197		中级
6副		165	170	174	178	183	188	科级	
7		158	162	166	170	175	180		
7副		150	154	158	162	166	171	副科级	
8	特二	143	147	150	154	158	162		助理级
8副	特二副	135	139	142	146	150	154	科员级	
9	特一	128	132	135	138	142	146	办事员级	员级
9副	特一副	121	124	127	130	134	138		
10	八级	114	117	120	123	126	129		
10副	八副	107	110	112	115	118	121		
11	七级	100	103	105	108	110	113		
11副	七副	93	96	98	101	103	105		
12	六级	87	90	91	94	96	98		
12副	六副	81	84	85	87	89	91		
13	五级	75	78	79	81	82	84		
13副	五副	69	72	73	75	76	78		
14	四级	64	67	68	69	70	72		
14副	四副	59	62	63	64	65	66		
15	三级	54	57	58	59	60	61		
15副	三副	49	52	53	54	55	56		
16	二级	45	47	48	49	50	51		
16副	二副	41	43	44	45	46	47		
17	一级	38	39	40	41	42	43		

1991年增加6元

核工业部企业职工工资标准表（1990年4月）

2002年10月，退休前的最后一个月的工资是3948.76元。

退休后，河北省发给的第一个月的社会养老金是907.66元，一下子进入了低收入的人群中，“搞原子弹的，不如卖茶叶蛋的!”经过十一次连调退休养老金后，现在是每月退休养老金3694.89元。我爱人和在二二一厂退休的同学、同事都是按事业单位退休的，他们的退休金比我们高许多许多。

想到这些，心中有时也会有一丝丝的不平衡，干了一辈子国防科技事业，和军队打了一辈子交道，退下来时是按企业职工退休的……

但是，看到我们亲手建起的一座现代化的工厂拔地而起，工厂效益不错，继续为军队服务着；金银滩小区里的绿地花园、假山跑道，假日里休闲的人群、戏耍的孩童、退休养老的朋友，心中又平衡了，自我调整吧，知足者常乐。

5. 失去联系五十年的通话

这是一个刚刚发生的、现代版的、真实的传奇故事。

朱鸿森是我的大学同班同学，从1964年毕业到现在已经失去联系五十年了。全班同学没有人知道他的任何信息。哈尔滨工业大学59452班通讯录中，他的一栏中只有姓名，没有工作单位、没有电话、没有通讯地址。2000年我回母校参加八十周年校庆时，学校老师们也不知道他在哪里？他失踪了？失联了？!

2014年7月21日，为了纪念新中国成立六十五周年、我国第一颗原子弹爆炸成功五十周年，由中华人民共和国国史学会两弹一星历史研究分会举办的“首届中国两弹一星艺术展”巡展在廊坊市博物馆进行。此次展览以“两弹一星”为题材，用诗词、书法、美术、摄影等艺术形式，再现了“两弹一星”艰苦卓绝的历程和辉煌成就，弘扬了“两弹一星”文化，颂扬了“热爱祖国、无私奉献、自力更生、艰苦奋斗、大力协同、勇于登攀”的“两弹一星”精神。

出席巡展开幕式的有第二炮兵原副司令员张翔中将(张爱萍上将之子、哈军工校友)、二炮原副参谋长戚庆伦少将（哈工大校友）和原总装备部的马国惠少将等，我和黄克骥、王鑫、郭学彪等四位老同志应邀出席了开幕式，张翔中将特别介绍了我们四人。仪式前的短暂会见和陪同参观中，两弹一星研究分会的同志告诉我说，马国惠少将曾在新疆试验部队任司令员。此时，我的脑海中突然冒出强烈的找人欲望，快步赶到马司令身边，抱着一线希望试试看地说：“马司令，我有个大学同班同学叫朱鸿森，您认识他吗？我们已经失去联系五十年了！”奇迹发生了，马司令非常快地肯定回答："认识，我们还很熟，他可能现在南京、上海吧！"我请他回去帮着查实通讯地址、电话……真的是一次巧合，还是一次机遇的安排，因为和马司令一起走不会超过五分钟的路程和时间。本来打算上午他们来厂视察参观时再问马司令的电话号码，但是因故没有办成，他们一行当天下午就回北京了，电话号码是两弹一星历史研究分会的袁陶萍主任告知的。

7 月 31 日上午打电话给马司令，马司令和夫人非常热情地告知了朱鸿森的电话和通讯地址，还说朱鸿森的夫人名叫吴霞芬，两人现在上海市。

真的是迫不及待，挂断北京的电话马上拨通了上海的长途，接电话的是鸿森夫人。"请问，这是朱鸿森家吗？我是他的大学同班同学……"瞬间，失去联系五十年的老同学在电话中"见面了"。五十年前毕业分别时 23 岁的年轻人，如今已是两鬓白发的 74 岁老人，电话中传递的是两个老头的声音。但是说实话，那一刻我的脑海中浮现的还是那只体魄强健的鸿雁，相信他的脑海里也还是那只体轻帅气的丹顶鹤。这是真的？不是在梦中吧？令人难以相信。

电话中他说，知道当年我和孟庆厚、李希元、付廷鑫四人分到了第二机械工业部第九研究设计院工作，1970 年前后为执行"43"任务他还到过二二一厂（那时院厂还没有完全分开），住在二二一厂招待所，工作中接触到陈能宽副院长和试验部的技术人员，但是没有见到任何一个老同学。（他不知道，那时的九院二二一厂正在运动期间，受“二赵”的迫害中，我们也是没有自由的人，各种对外联系都已中断，连出楼都要向军代表请假批准）

电话中我说，记忆中似乎他分到了新疆试验部队，但从没有确认过。1971 年前后为执行 78、79 任务，我也曾两次到过马兰参加国家核试验，有一天还到 21 所（程开甲任所长）去参加汇报试验弹的模拟试投结果和试验载机弹仓的温度、振动、冲击等实测数据，也曾打听过，但是没人告诉我，因为运动期间和保密要求就不再敢问了。1971 年 12 月 31 日，在马兰机场我曾经历了“氢弹三次甩投不下”、核弹头零前状态带弹着陆的生死考验。

他还说，因为参加效应试验工作，他们夫妇和同事们都接触了过多的核辐射剂量，现在已经影响了身体健康，身体状况都不太好，甚至于曾在身边共事的七八个同事已经过早地逝去；还问我是否也接触到了较多的核辐射，现在身体怎么样？

我说，我确实也接触到一些核剂量，还曾患过放射性皮炎，但那是研制试验和批生产过程中的表面剂量照射，而他们受到的是核爆炸后的核武器效应剂量。与他们相比我们的实际剂量少多了，可能差着量级呢！目前还没有明显的症状，身体状况还可以吧！还是互相祝福吧，老同学……

作者与失联五十年的同窗朱鸿森（右一、右二）

这就是我们这一代人，为了国防科研、“两弹一星”事业，献了青春献终身的凡人壮举。

这是一个真实的故事，一个是搞核武器研制试验、批生产的青海湖边的二二一人，一个是进行核武器效应试验的博斯腾湖边的马兰人，在大西北国防科研的同一战壕中，两个大学同班同学，一个迟到的电话连起了整整五十年的时空，有很多话要说……真的想在有生之年还能见老同学一面，当面述说五十年的故事。

非常感谢两弹一星历史研究分会的同志们，谢谢马司令和夫人，谢谢袁主任。

6. 领袖、将军、科学家与两弹

毛主席的决策预言——

“原子弹就是那么大一个东西，没那个东西，人家就说你不算数。那么，好吧！我们就搞一点吧。”“搞一点原子弹、氢弹、洲际导弹，我看有十年功夫完全可能。”（1958. 6. 21）

“很好，照办。要大力协同，做好这件工作。”（1962. 11. 3）

“敌人有的，我们要有，敌人没有的，我们也要有。原子弹要有，氢弹也要快。管他什么国，管他什么弹，原子弹、氢弹我们都要快”（1965. 1. 23）

“新武器，导弹、原子弹搞得很快，两年零八个月搞出氢弹，我们的发展速度超过了美国、英国、苏联、法国，现在在世界上是第四位。导弹、原子弹有很大的成绩，这是赫鲁晓夫帮忙的结果，撤走了专家，逼着我们走自己的路，要感谢赫鲁晓夫呢，应该给他发个一吨重的大勋章。”（1967. 7. 7）

“大国打世界大战的可能性是有，只是因为多了几颗原子弹，大家都不敢下手。”（1970. 5. 11）

……决策英明，预言伟大，我们实现了。

周总理的亲自领导照办——

周总理为主任的十五人中央专门委员会于 1962 年 11 月 17 日成立，贺龙、李富春、李先念、薄一波、陆定一、聂荣臻、罗瑞卿七位副总理以及国务院和中央军委有关部门的负责人赵尔陆、张爱萍、王鹤寿、刘杰、孙志远、段君毅、高杨（七位部长）组成，领导原子武器等的研制试验工作。

周总理教导：“尽可能多在地面做模拟试验，及时解决各项技术问题。”（1964. 6. 12）

“我们国家的试验工作不要多，要少一点，搞一次试验，就要取得很多资料，做到一次试验，全面收效。”“我们明年要试验核航弹，后年要与导弹结合试验，1967 年要搞氢弹。”（1964. 11. 2）

“严肃认真、周到细致、稳妥可靠、万无一失。”（十六字方针，成为我们研制试验工作的座右铭）（1966. 10. 27）

“没有定型好，不要忙于搞小批生产。应该边试验、边定型，定型合格后，再小批生产，保质保量装备部队，以利备战。”（1970. 11. 6）

……仿佛看到，马兰机场停机坪上周总理派出的伊尔-18 型专机，随时准备飞往北京向总理请示汇报试验工作。

伊尔–18 型专机

邓小平总书记视察指导——

“高举毛泽东思想的伟大红旗，遵照毛主席指引的方向，奋勇前进——别人已经做到的事，我们要做到；别人没有做到的事，我们也一定要做到。”（1966. 3. 30 题词）

“你们大胆地干，成功了是你们的，出了问题失败了，我们负责。”“不管发生什么事情，你们要抓紧生产不放手，这是根本的一条。要保证各个环节的正常运转。”（1966. 3. 30）

“如果六十年代以来，中国没有原子弹、氢弹，没有发射卫星，中国就不能叫有重要影响的大国，就没有现在这样的国际地位。这些东西反映一个民族的能力，也是一个民族、一个国家兴旺发达的标志。”（1988. 10. 24）

……1997 年 2 月 19 日，在北京飞往莫斯科的飞机上听到邓小平逝世的噩耗，一下飞机就买了一束白花，怀着沉痛的心情与航天部的同志们一道去中华人民共和国驻俄罗斯大使馆悼唁，并在大使馆的留言簿上写下：“沉痛悼念中国改革开放的总设计师——小平同志，一路走好。”

张爱萍将军四次现场指挥核试验、吟诗赞两弹——

第一颗原子弹冷试验成功赠朱光亚及九所全体同志

（1964. 6. 6 于青海草原）

祁连雪峰耸入云，

草原儿女多奇能。

炼丹修道沥肝胆，
应时而出惊世闻。

清平乐

我国首次原子弹爆炸成功

(1964.10.16 于戈壁滩)

东风起舞，
壮志千军鼓。
苦斗百年今复主，
矢志英雄优虎。
霞光喷射天空，
腾起万丈长龙，
春雷震惊寰宇，
人间天上欢隆。

春雷颂（一）

第二次原子弹爆炸成功

(1965.5.14 于戈壁滩)

瀚海晴空，
玉龙乘东风。
万朵红霞灿苍穹，

春雷再显神通。
热风漫卷乌云，
三军竞展奇能。
英雄喜添新翼，
任我天下飞腾。

春雷颂（二）

第三次原子弹爆炸成功

（1966.5.9 于戈壁滩）

马风鹏博，
浪激孔雀河。
晴天一声天地愕，
烈火燎原磅礴。
蛟龙飞舞巡天，
扫清九霄乌烟。
奇迹频年新创，
险峰无不可攀。

……在马兰基地，人们颂说着将军的话：“天塌下来，有高个子顶着，你们都没有我高，天塌下来我顶着。……只要你们尽心尽力了，拿出你们的真本事了，出了问题是我的，由我负责；成功了是你们的，我给你们记功。”

记忆中胡子将军李觉同群众一起住帐篷的高大形象，

运动中“八级泥瓦匠”的领导艺术，在基地总装厂房小木椅上坐镇的榜样力量，“钻技术、抓质量”的题词和谆谆教导，就像昨天的故事。

核武器研制的奠基人和开拓者之一王淦昌老人，隐姓埋名、以身许国的奉献精神，谦虚质朴、热诚待人的人品，是我们年轻人的“一代师表”，牢记王老的教导“继续奋斗、为国宣劳。”

朱光亚在马兰基地“氢弹三次甩投不下、带弹着陆”时沉着冷静、不怕死的精神，真的是星光耀苍穹。2004年，为表彰朱光亚对我国科技事业发展作出的突出贡献，国际小行星中心和国际小行星命名委员会批准将我国国家天文台发现的、国际编号为 10388 号小行星正式命名为“朱光亚星”，遥远苍穹，他是最亮的星，并被评为“感动中国 · 2011 年度人物”。

2013 年 10 月，到天津市耀华中学去参加二孙子博吟的家长会，路上很顺利，去得早了些，就在耀华中学的校园里参观游览。意外地发现了校园里的墙壁上挂着于敏院士的照片和事迹介绍，学校的主干道旁矗立着于敏的雕像。才知道，我国乃至世界上一流的理论物理学家，从未出国留学过，有人亲切地称他是“国产专家一号”，有人称他是“中国氢弹之父”的于敏是天津市宁河人，童年和少年时期都是在天津度过的。曾就读于天津耀华中学，老师们说他当年是以各门功课第一名的优秀成绩毕业，当年非常爱钻图书馆，不管什么文史理化，他什么都看，知识面广。2013 年 9 月还为母校师生题词“根深、源远、宁静”，鼓励年轻的一代学子们用功读书。会后，我对孩子说，要向你的老校友学习，向于爷爷学习，学习他的风高范远、涉猎广博，用功读书，将来也为国争光。2015 年 1 月 10 日，于敏院士获得 2014 年度国家最高科学技术奖。

当然，还记得第一个为核武器事业殉国的空气动力学家郭永怀副院长对武器环境试验工作的关注；娃娃博士邓稼先院长、陈能宽副院长在储存会上面对面的亲切指导；还有理论物理学家彭恒武院长和他的学生周光召院士等八位“两弹一星”功勋科学家都在二二一基地留下的光辉足迹……

7. 无怨无悔

近十年来，特别是 2007 年中国第一颗氢弹空爆成功四十周年，2014 年中国第一颗原子弹爆炸成功五十周年以来，每年都要接受新闻媒体的采访，有青海省海北州宣传部、海北州电视台、原子城纪念馆、青海大学，有中国工程物理研究院、中国核工业集团公司（前身是二机部）新闻宣传中心，有两弹一星历史研究分会、解放军“八一电视”的记者等。讲了亲身经历的故事后，他们还会问你在二二一基地工作和生活的感想和体会。

我会说，我们这一代人是赶上了。赶上了那个激情燃烧的岁月，赶上了那个自力更生、艰苦奋斗的年代。能够成为“两弹一星”事业中的一员，是幸运的。

有时会再给他们讲一个故事。1974 年 10 月的一天，黄祖荫主任带着我到总厂去向苏耀光总工程师汇报由我执笔编写的《东风×号弹头整体储存试验方案（讨论稿）》。汇报后我对苏总说，这是中国第一次的整体弹头储存试验，作为课题负责人感到责任重大、压力很大。苏总略加沉思后，拍着我的肩膀说：“书鹤，别怕！这个方案上报前我是要在报告上签字的，黄胖子也要签，就是说由我负责，你们只要大胆地去干，我会和你们一块去做试验的。”苏总说到了，也做到了，带着弹头“神州行”，他一直陪着我们在基地几个月，完成了这国内第一次的整体储存试验工作。这段故事和邓小平总书记的讲话“你们大胆地干，成功了是你们的，出了问题失败了，我们负责”，张爱萍将军“只要你们尽心尽力了，拿出你们的真本事了，出了问题是我的，由我负责；成功了是你们的，我给你们记功”，真的是一脉相承。是啊，能在这样负责任、敢承担的领导手下工作，真的好幸运。

我还要说的是，“两弹一星”事业是千万人的事业，是领袖的英明决策、将军的现场指挥、科学家们的亲临指导，千万个科技工作者精诚团结、密切合作的成果。我们个人只是这千军万马中的一个科研技术干部、一个小卒子，做了一点应该做的、份内的事儿。可以说是大海涛涛海浪中的一朵浪花，很不起眼的一朵小花；是青海湖中的一滴水，金银滩上的一棵草，迁徙鸟岛的一只丹顶鹤。

丹顶鹤

遨游天际云横处，
飞落迷露碧波间，
一排二排你展翅，
三群五群我好先。
松花江上启航，
青海湖畔繁衍，
明察千里风雨，
静观万顷狂澜。
迎着朝霞伴舞，
夜宿江河湖边，
黄河、长江，
东西、北南。
野茫茫，
路漫漫，
为国宣劳闯江湖，
顶丹羽白尘不染。

每次采访时几乎都会问到：你们后悔吗？

回答是：我们这一代人，是对不起父母、对不起爱人、对不起子女，我们是“献了青春献终身、献了终身献子孙”的一代人；但是，我们真的不后悔，因为我们尽心尽力了，我们对得起党、对得起国家、对得起人民，对得起这伟大光荣的“两弹一星”事业，所以可以自豪地说，无怨无悔。如果还有这样的选择，我们还会到祖国最需要的地方去！

2002 年 9 月，接到了装备部的退休通知令，在二二一厂工作了二十八年，下山后在新厂当了八年总工程师、二年副厂长、一年技术顾问，我光荣地退休了。

在党政联席会上我说：

当你回首往事的时候，
不因碌碌无为而羞耻，
也不因虚度年华而悔恨。
今生无悔！

后　记

本书撰写的原则是在符合保密规定的前提下，真实地再现身边的历史事件原貌，书中涉及的大事都是在已发表的相关著作、影视作品中报道过的，少数掌握不准的就打“××”；书中涉及的试验项目，核航弹已全部退役处理，两个型号的导弹核弹头也已经退役。

本书撰写基本上是按年代回忆的，设想每个章节都能单独阅读，就是说各章节各自成篇，以便于读者阅读。

由于个人经历和水平的限制，可能有许多事情述说不详、不准确，恳请读者批评指正。

感谢高同槐、黄克骥、隋勇、齐国友、崔宏欣、丁虎、宋畔琴等同志阅读书稿，并提出宝贵的修改意见。感谢张增怀、林久星同志为本书翻拍编辑照片，并为封面设计付出的辛勤劳动。感谢核工业二二一离退休人员管理局、六九一六工厂及家人的大力支持和帮助。

谨以此书——

纪念中国第一个核武器研制基地创建六十周年！

为我国的核武器事业建立了历史功勋的221人，永载史册！

参考资料

[1] 梁东元. 596 秘史 [M]. 武汉：湖北长江出版集团湖北人民出版社，2007.

[2] 降边嘉措. 李觉传 [M]. 北京：中国藏学出版社，2004.

[3]《当代中国》丛书编辑委员会. 李觉，雷荣天，李毅，李鹰翔. 当代中国的核工业 [M]. 北京：中国社会科学出版社，1987.

[4] 张爱萍. 神剑之歌——张爱萍诗词、书法、摄影选集 [M]. 北京：人民美术出版社，1992.

[5] 陆其明，范敏. 张爱萍与两弹一星 [M]. 北京：解放军出版社，2011.

[6] 核工业神剑文学艺术分会. 秘密历程 [M]. 北京：原子能出版社，1995.

[7]【美】约翰. W. 刘易斯、薛理泰. 中国原子弹的制造 [M]. 北京：原子能出版社，1991.

[8]【美】莱斯利. R. 格罗夫斯. 现在可以说了 [M]. 北京：原子能

出版社，1991.
[9]【德】罗伯特．容克．比一千个太阳还亮［M］．北京：原子能出版社，1991.
[10] 政协青海省海北藏族自治州委员会文史资料委员会，海北文史资料选辑第三辑［M］．西宁：青海人民出版社，1997.
[11] 阿夏．黑镜头3. 西方摄影记者眼中的战争［M］．北京：中国文史出版社，1995.
[12] 王菁珩．金银滩往事［M］．北京：原子能出版社，2009.
[13] 核工业二二一厂离退休人员管理局．难忘激情岁月［M］．北京：中国原子能出版社，2014.
[14] 彭继超．东方巨响——中国核武器试验纪实［M］．北京：中共中央党校出版社，1995.